荷塘诗词选

邹克斯 著

北方文艺出版社

图书在版编目（CIP）数据

荷塘诗词选 / 邹克斯著 . -- 哈尔滨 : 北方文艺出版社 , 2021. 1
ISBN 978-7-5317-4955-4

Ⅰ . ①荷… Ⅱ . ①邹… Ⅲ . ①诗词－作品集－中国－当代 Ⅳ . ① I227

中国版本图书馆 CIP 数据核字 (2020) 第 263759 号

荷 塘 诗 词 选
HETANG SHICI XUAN

作　者 / 邹克斯
责任编辑 / 富翔强
装帧设计 / 树上微出版

出版发行 / 北方文艺出版社
邮　编 /150008
发行电话 /(0451)86825533
经　销 / 新华书店
地　址 / 哈尔滨市南岗区宣庆小区 1 号楼
网　址 /www.bfwy.com

印　刷 / 武汉市卓源印务有限公司
开　本 /710×1000　1/16
字　数 /200 千
印　张 /18.5
版　次 /2021 年 1 月第 1 版
印　次 /2021 年 1 月第 1 次印刷

书　号 /ISBN 978-7-5317-4955-4
定　价 /98.00 元

序一：植一塘菡萏　抒家国情怀

蒋事成

值此菡萏吐蕊，芙蕖飘香之际，邹克斯同志从自己历年创作的诗词中，精选出近三百篇，辑成《荷塘诗词选》一书，即将付梓，开大学同学中诗词公开出版发行之先河。《荷塘诗词选》的出版，无异于习习荷风，于热汗淋漓之时，沁人心脾，神清气爽，溽热全消。

荷塘乃菡萏繁衍的天地，也是她展示自己的风姿，呈现自己绝代风华的舞台。她出淤泥而不染，濯清涟而不妖，中通外直，不蔓不枝，亭亭净植，花开映日，展现无穷魅力。如果说生活是一片沃土，那么《荷塘诗词选》中的诗词，则是植根于这片沃土，吸吮大地母亲的丰富乳汁，绽放出来的一塘菡萏。选集中多数为格律严谨的今体诗词，但也不乏《大学毕业50周年同学聚会》《致新转正的党员》这样的新诗。诗人笔下的自由体诗，无松散、随意的散文化倾向，遵循的是闻一多先生倡导的新诗格律化的原则，向音乐美、绘画美、建筑美的“三美”靠拢，读来朗朗上口，颇具韵味。而在今体诗歌中，除了各类格律诗外，还有词、曲、古风，甚至还有楹联、挽联等多种文学体裁，犹如在一塘菡萏中，既有艳丽璀璨的红莲，也有高洁雅致的白莲，可谓多美兼备，异彩纷呈，足见作者兴趣广泛，才华多样。选集中的今体诗词，注重炼字、炼句，斟酌用语，讲究格律、叶韵、合辙、协律，对仗工整，平仄谐和，中规中矩，是严谨的格律诗词。尤可称道者，作者在大部分诗词后，都有平仄格式的诠释，对初学格律诗词者而言，不亚于教辅资料，颇具引领作用。书中还配了不少照片，诗词所描绘的画面，穿过时空隧道，呈现在我们面前，可谓图文并茂，图文兼美。

如果说以上只是就选集中诗词的外在美而言，那么《荷塘诗词选》更弥足珍贵的则是其内涵，其笔端饱蘸的情愫，诗中洋溢的深情。纵观全书，处处是家国情、血亲情、同砚情、同仁情、山水情、故园情。对国家，作者以诗咏之、赞之；对人民，作者衷心赞颂；对时代，作者尽情讴歌；对改革开放，作者真情礼赞，凡此种种，无一不出自爱国情怀。当年，作者上有慈亲，下有稚子，仰事俯蓄，克尽厥职，反哺情浓，舐犊情深。选集中有唱和之作，还有挽诗，这些作品，表达了作者对既往岁月的缅怀之情，对同窗、同事的款款深情，对逝者的哀悼之情。诗集中充盈着对国家盛世的纵情讴歌，对亲属、同侪的眷眷深情，简言之，就是薪火相承的家国情怀，他继承了我国知识分子的胸襟气度，融会到了中国诗歌的主旋律中。

由古及今，中国知识分子自然也赋风、吟花、咏雪、弄月，给后世留下了众多名篇佳作。“春风骋巧如翦刀，先裁杨柳后杏桃”“唯有牡丹真国色，花开时节动京城”，这些迄今仍脍炙人口的名句，培育了多少人的美感，陶冶了多少人的情怀！但历代中国的知识分子，更为关注的是国家、社会、时代。国家大治，社会安定，政治清明，人民安居乐业，他们为之欢欣鼓舞，笔下流淌出来的是讴歌，歌喉唱出的是赞歌，“忆昔开元全盛日，小邑犹藏万家室”，这是诗圣笔下的开元盛世；中国的诗人把反映国计民生当作自己的神圣职责和第一要务，不是为个人的遭遇而幽幽歌唱，而是为国家民族而慷慨发声。作为中国诗歌之源，《诗经》为中国诗歌开了个好头，规范了中国诗歌的内涵和方向。《诗经》反映了现实生活，表达了人民心声，在其后的历代诗歌中，《古诗十九首》揭露了战乱给人民造成的灾难，建安诗人更把这种描述推向了巅峰。唐代是中国诗歌的高峰，在反映社会现实的广度和深度上，都达到了前所未有的境界，尤其是诗圣杜甫的“三吏”“三别”和《自京赴奉先咏怀五百字》，在揭示人民的疾苦等诸多方面，已达到登峰造极的地步，而其推己及人的《茅屋为秋风所破歌》，更把诗人关心民瘼，心存人民的家国情怀，推向了古今诗歌的高峰！这种面向现实、观照社会、倾注人生热情的创作倾向，成了中国诗歌的走向，宋、元、明、清，概莫如此，及至近现代、当代，这一传统仍在被传承、发扬，鲁迅先生的诗歌就是典型，他诗歌中对现实的关注和浓重的家国情怀，仍然是今天知识分子效法的楷模。

今天，我们处在一个前所未有的时代，政治清明，社会稳定，国力强盛，人民富足，知识分子生逢其时，更应该以手中的一支笔讴歌盛世，抒写自己的家国情怀。邹克斯同志的诗词，秉承了中国诗歌的优良传统，又赋予它新的社会内涵，在继承中创新，创新而不忘本源，诚属难能可贵。

我与邹克斯同志为大学同窗，一九六二年仲秋，我们相识于岳麓山下，学舍连床，湘江蘸笔，灯下研读，林泉徜徉，前尘往事，迄今萦怀，却忽忽已近六十春秋，但同砚情谊，历久弥新，微信途畅，时相往还。欣逢老同学诗词选集出版，遥致贺词之余，更祈盼他永葆家国情怀，延续诗意生活，寿逾期颐。

2020 年季夏于武陵双清室

（蒋事成系《中师报》原副主编）

序二

贺清龙

早些天，我在长沙邀了两位同学请邹克斯老师聚餐，席间他送给我们每人三大本诗词楹联曲稿作纪念，350多篇，我很兴奋。回北京认真阅读后，我建议他编印出版，他表示同意，并嘱我作序。于是我再次细读了他这些作品，感慨万千。

邹克斯先生是我50年前的中学老师。1970年初，因家里困难，家人不让我上初中了，要我在家干农活，邹老师多次上门家访，反复游说我父母，说应该让孩子继续读书，看孩子平日表现，将来可能有出息，并保证不用交学费，享受助学金，之后我又上学了。邹老师是我的班主任，非常看重我，培养我第一批入团，还选我为团支书。家里缺劳力，我经常请假干活，有一次班级组织义务劳动，我却到攸县丫公桥赶场卖席子去了，事先托贺特平同学代我请假，附带写了一首诗。那天我早上四点半出发，步行七十多里去赶场，也没有将席子卖出去，饿了一整天，过大桥返回时，在路边讨水喝，那户人家的小女孩看我饿得难受，盛了一碗饭给我吃，我才支撑回到家。第二天听说，邹老师在班上念了我的诗，还称赞我的诗写得不错，事后也没有责怪我。从那时起，我不仅感受到了邹老师的关爱，也看出他对国学、古典诗词的喜爱。

邹老师在繁忙的工作之余，时常创作一些诗词楹联，与大家分享。尤其是退休之后，自号“蜻蜓”，寓意自己写诗，如“蜻蜓点水”。

看着十余万字的书稿，感觉邹老师实在是过谦了。

邹老师说："我的这本'日记诗''自传诗'，主要是写给自己看的，自得其乐。如果有人抬爱，作为了解我的窗口，就算是我与同事好友们的唠叨吧！"

国学是中华民族赖以治国兴邦、安身立命的文化之根。中华诗词，源远流长，世代相传，长盛不衰，自有其惊人的魅力。孔子云："诗，可以兴，可以观，可以群，可以怨。"他对诗词的作用做了全面的概括。诗词可以倾诉百姓的心声，为民代言；可以陶冶性情，培养美感；可以歌功颂德，鞭挞时弊；可以咏物寄情，缅怀纪念，讽喻警世。如同鼓点，催人奋进；如同警钟，时时回响在人们的耳边。

邹克斯老师写诗虽自谦说是给自己看的，但我们每个读过他诗歌的人可不这么看，诗词曲之间，总能感受到许多触动人心的东西，里面有他几十年的沧桑经历和人生感悟，有他几十年的从容练达，沉静自然。"春来本是欲眠天，何必流涎手执卷。脚步放开郊外去，胸中自有美诗篇。""冬阳和暖白须飘，似水年华往昔骄。垂暮经常当日晒，养身祛病最逍遥。"这都是他写的诗句。其诗如陈年老酒，韵味悠长；其诗如出水芙蓉，清新自然；其诗如芝兰之香，沁人心脾。"人间一树老红梅，雨雪冰霜志未摧。晚岁体衰风骨在，丹心依旧报春回。"这也是他写的诗句。诗言情志，这便是他耄耋之年最好的注解。

2018年12月15日，著名作家二月河先生逝世，我写了一篇文章《文字缘同骨肉深》，来悼念二月河先生，邹老师读后，写了一首诗，中有"缘同骨肉文情意，似见清龙洒泪珠"之句，我读后很生感慨，那么多年过去，邹老师还是深深理解我的，能从字句之间读出我与二月河的深挚情谊，令我颇为感动。

邹老师说自己八十岁了，视力骤退，双眼昏花，精力不济，不能写了，也写不出来了。我内心期望邹老师能够健健康康，开开心心，再好好写几年、几十年，让我们多多体味他的人生感悟，欣赏他的如花妙笔。

“莫道桑榆晚，为霞尚满天。”

是为序。

2020 年 5 月 31 日下午于北京

（贺清龙系中国作家协会、书法家协会会员，华中师范大学客座教授，法学博士。）

代序三：咏《大障醴陵六中歌》

翁佑龙

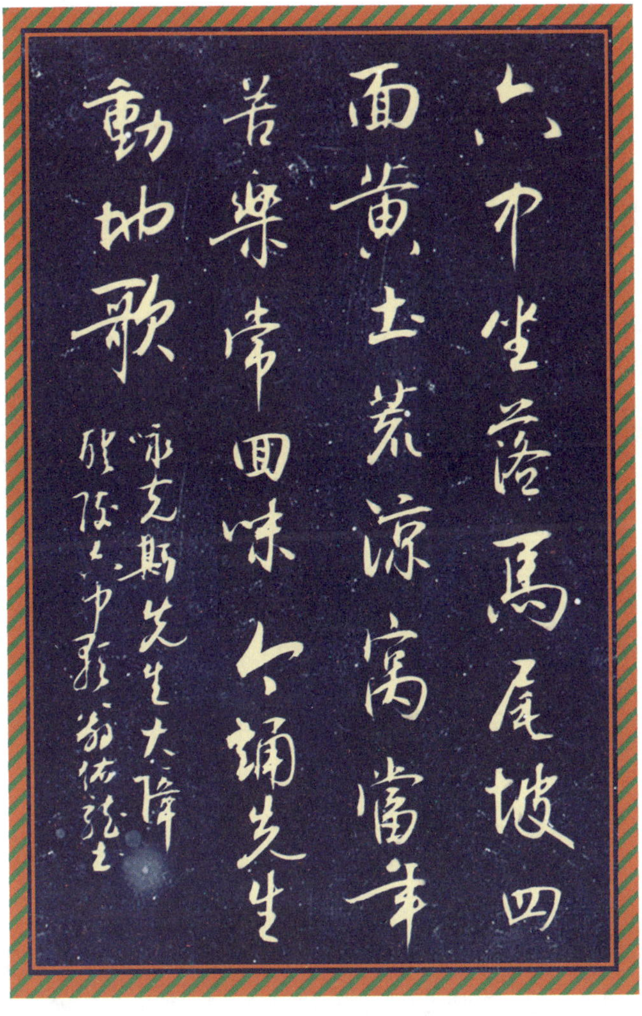

（翁佑龙系作者醴陵六中同学）

目录

〖五律〗

迁居新校园颂曾翁倬湘[①]同志

马尾新园[②]建，先行有老翁。
忠诚为党国[③]，平易向农工。
鬓白青春在，眼花干劲冲。
梓山[④]难忘苦，深夜唱英雄[⑤]。

首句仄起仄收式，上平声【一东】韵。

1974年6月12日于醴陵六中

①曾倬湘，曾任醴陵四中党支部书记，曾被分配到偏远的醴陵六中，担任各种突击性的临时职务，曾负责学校最艰难的搬迁和新建工作。

②新园，指醴陵六中新建的校园，在大障马尾坡。

③党国，指党和国家。

④梓山，指醴陵六中旧校址。

⑤英雄，指当年样板戏《智取威虎山》中的杨子荣。曾翁屈居醴陵六中旧址时，常常深夜独自引吭高歌杨子荣“共产党员时刻听从党安排”的唱词，以励己励人，颇为动人。

〖七绝〗

咏新六中

位居马尾美山乡，便利读书气势昂。
不是朝阳光普照，哪来欢笑满操场。

首句平起平收式，下平声【七阳】韵。

1975 年 9 月 20 日上午于醴陵六中

赴“县先代会”归来

瓷城盛况史无前，充数滥竽差距悬。
唯效严师刀解剖，一腔热血满园溅。

首句平起平收式，下平声【一先】韵。

1977 年 6 月 26 日于醴陵六中

〖白话诗〗

给顺利结业的师范班①同学们

①师范班，作者系醴陵六中首届师范专业班承办人和班主任，后担任过该校农机等专业班的班主任。该班五十多人，来自该校所在地大障区各个公社。学制一年，当年也被称作工农兵学员。醴陵六中所在地，系著名革命根据地。该班结业时，我感慨万千，依依不舍，故有此作。

生长在革命老根据地，
学习在革命老根据地。
人民供给我们衣食。
党教给我们知识。
革命传统决不能丢弃，
党的教导决不能忘记。
为了明天，为了共产主义，
我们要坚守教育阵地。

前进路上要勤奋努力，
心不在焉怎么对得起党？
战友们啊，我们虽然分别，
但我们将永远战斗在一起！

1977 年 7 月 6 日中午于醴陵六中

〖七律〗

在醴陵工作第十个生日抒怀

中华大地喜人民，
继往开来面貌新。
老九雄心攻险阻，
园丁壮志育人神。
读书省会唏年月，
学步瓷城枉十春。
今日生辰逢国庆[①]，
登攀更应勇捐身。

首句平起平收式，下平声【十一真】韵。

1977 年 10 月 1 日于醴陵六中

①生辰逢国庆，当年我的生日恰好是国庆节。

〖七绝〗

追 求

吃穿住用党恩深，
孺子营生勿我斟[1]。
在世还需何所梦，
党旗引领永忠心。

首句平起平收式，下平声【十二侵】韵。

1977 年 10 月 21 日于醴陵六中

①勿我斟，当时我家庭和睦，长子健 6 岁半，次子康 4 岁半，均活泼可爱，听话懂事，友爱仁义，他们是我的骄傲，兼有父母的热心照料，他们的教育成长不用多我操心，利于我倾力工作，故有此作。

〖七律〗

湘潭地区教育战线“先代会”开幕式

阳光雨露润心田，
教育扬帆勇向前。
桃李壮心登朗玛①，
园丁畅意奔红专。
大专招考风光好，
科技交班才路全。
圣地群英来聚会，
豪情向党写新篇。

首句平起平收式，下平声【一先】韵。

1977 年 11 月 8 日中午

①朗玛，代指世界最高峰珠穆朗玛峰。

〖七律〗

五届人大和全国科学大会颂

叠韵《书湘潭地区教育战线“先代会”开幕式》

春风杨柳满园田，
万众欢腾喜眼前。
五届论坛[①]吟硕果，
科研盛会颂红专。
大专招考英才众，
华夏攻关规划全。
亿万[②]舜尧[③]齐踊跃，
搞活开放绘新篇。

首句平起平收式，下平声【一先】韵。

1978年3月于醴陵六中

①五届论坛，指第五届人民代表大会。
②亿万，泛指极大的数目。
③舜尧，即人民。

〖七绝〗

谏某同事

轻松行事见风流，踏实为人不必愁。
教改难关君挂帅，来朝吟我立功牛。

首句平起平收式，下平声【十一尤】韵。

1979 年 9 月 28 日中午于醴陵六中

国庆三十周年抒怀

攻关苦战数风流，羞煞滥竽十一秋①。
誓鼓精神长努力，争为时代有功牛。

首句平起平收式，下平声【十一尤】韵。

1979 年 9 月 30 日夜于醴陵六中

---

①十一秋，我来到醴陵从教已十一年。

〖七绝〗

己未中秋前夕书赠德元老师

曾记先秋把酒情，人生幸会不相轻。
而今迈步从头越，有赖杨郎助我行。

首句仄起平收式，下平声【八庚】韵。

1979 年 10 月 4 日（农历八月十四 日）于醴陵六中

诗贺宾翁、宜翁、敌翁[①]光荣退休

告老将雏喜续篇，未逢大治岂能全。
教风严谨鞭吾辈，愿祝诸公享永年。

首句仄起平收式，下平声【一先】韵。

1979 年 12 月 25 日于醴陵六中

①宾翁、宜翁、敌翁，即刘建宾老师、邹宜人老师、张克敌老师。

〖七绝〗

喜闻“八十年代教育要有个大发展”

读 1980 年 6 月 7 日《湖南日报》第一版新华社 6 月 6 日电有感

喜讯传来斗志昂，从今莫作自卑郎。
民生国计凭谁上？看我园丁育栋梁！

仄起平收式，下平声【七阳】韵。

1980 年 6 月 25 日上午于醴陵六中

读报栏（校园即景之一）

一栏竖立映风云，蜂拥围观课后勤。
学子满园齐喝彩，修身长智建功勋。

首句平起平收式，上平声【十一文】韵。

1981 年 9 月 26 日于醴陵六中

〖七绝〗

新教学楼（校园即景之二）

理化消除实验愁，一台电视乐悠悠。
图书杂志常开放，风物堪称教学楼。

首句仄起平收式，下平声【十一尤】韵。

1981 年 12 月 11 日于醴陵六中

咏长沙市二十九中

巍峨耸立傲东区[1]，初露锋芒奔坦途。
新到园丁勤自勉，潜心教学效群儒。

首句平起平收，上平声【七虞】韵。

1987 年 9 月 28 日晚于朝阳二村 66 栋住宅

①傲东区，二十九中当年在东区已小有名气。

〖七绝〗

调回长沙后寄德元等君

身回故里魂牵动，
遥望南天①一彩云。
万里时空无阻隔，
衷情依旧可酬君。

首句平起仄收式，上平声【十二文】韵。

1987年10月于朝阳二村66栋住宅

---

①遥望南天，当时彼等均远居长沙之南。

致新转正的党员[①]

教学改革你们走在前面，
党的教导是你们的誓言。
你们的追求，你们的信念，
才是我们时代风貌的体现。

祝贺你们，同在一条战线，
正式成为党的光荣一员。
从今而后，让我们永远，永远，
使党的光辉照心间。

---

①新转正的党员，1988年6月17日下午长沙市二十九中支部大会讨论通过倪杏华、邓红艳转为正式党员。

〖词〗

西江月·咏人民路立交桥

桥架巍峨平地，颂歌漫涌[①]云天。
功能神异造型妍，陆续“袁东伍”[②]建。
“公铁机”[③]奔长远，上中下绕[④]身边。
搞活开放小康年，美貌星城展现。

1988 年 9 月 28 日于朝阳二村 66 栋住宅

---

①颂歌漫涌，据《长沙晚报》1988 年 2 月 7 日第三版报道，该桥系湖南省第一座三层环形立交桥，位于长沙市二十九中东南侧。地理老师陈润秋等作诗歌颂，媒体也曾热烈赞颂。

②“袁东伍”，《长沙晚报》1988 年 2 月 7 日第三版报道，人民路立交桥竣工后，将陆续在长沙市袁家岭、东塘、伍家岭等地建造立交桥。

③“公铁机”，人民路立交桥连通珠京高速公路、京广铁路和黄花机场。2005 年 3 月底，某电视节目曾经统称公路、铁路、航空为“公铁机”。

④上中下绕，指该桥上中下三层环形立交桥面。

〖词〗

浪淘沙·回母校长沙市六中

旧地去而来，游子回哉。衷情未改探前侪，狂热少年躯老化①，壮志胸怀。

风物拭尘埃，政教脱胎，校园代代尽英才。改革放开年月好，喜泪如孩！

词韵：《词林正韵》第五部。

1988年12月1日于朝阳二村66栋住宅

①躯老化，余时年已47。

〖七言古绝〗

新春答八中校长杨君庆江

卒读新春诗一篇，切切诚意短信传。

青春有为且贤德，祝君事业攀山巅。

下平声【一先】韵。

2007年2月24日（正月初七日）晚8时于侯家塘宅

杨庆江同志正月初五短信诗《七律·拜迟年》

除夕喜爆乐喧腾，化作新年祝祷声。

短信纷纷来占道，深情款款未登程。

虽说网域宽无限，难比人间爱永恒。

且趁亲朋心淡定，迟来问候意犹诚。

〖七言古绝〗

贺唐兄鹏飞七十大寿

沧桑坎坷叹往昔，
荣庆古稀赴酒席。
从来盛世人增寿，
愿兄延年创奇迹[①]。

入声【十一陌】韵。

2007年11月16日下午于侯家塘宅

①创奇迹，唐鹏飞为株洲市骨伤科医院名医，业务院长。“创奇迹”既有对他寿命的祝愿，也有对他医术的祝愿。

〖七言古绝〗

寄昔日好友

往事历历犹在前，而今入梦神色蔫。

愿君宽心免劳顿，快乐安康度晚年。

下平声【一先】韵。

2007年11月19日于长沙市侯家塘宅

题书桌齐白石老人肖像

花甲学书意恐迟，桌前遗像励我志。

书画圣贤图变革，起步六十树旗帜！

入声【四寘】韵。

2008年9月9日于长沙市侯家塘宅

〖七言律绝〗

《汨潜[1]诗文集》序

黄老诗词歌赋曲，
通通精到博才身。
修身养性园丁志，
益寿延年健朗神！

首句仄起仄收式，上平声【十一真】韵。

2016年6月23日上午吟于星城美树园

①汨潜，即黄汨潜先生，是作者在醴陵和长沙的同事，著有《汨潜诗文集》一书。此绝句系作者为该书所写序言后附上的祝福语。

〖七言古绝〗

读杨君德元诗集古绝三首

其一：诗争先

喜读佳作上百篇，
半数出自求学年。
而今虽为鬓毛衰，
少时即已诗争先。

下平声【一先】韵。

其二：铸师魂

歌吟未求成专业，
诗心杏坛数十春。
耻为名利育桃李，
精忠铸就教师魂。

通韵：上平声【十一真】【十三元】。

其三：涌乡愁[①]

三十三篇绘攸州，
故乡情怀涌心头。
笔下风光儿时梦，
君我何时能同游？

下平声【十一尤】韵。

2009 年 7 月 2 日清晨于星城长鑫宅

①涌乡愁，作者祖籍攸县古称“攸州”，县城叫“梅城”。

〖七绝〗

诗谢家庆①诸同窗②

瓷城一别廿三春，
聚会今朝谢众君。
不是往常多关照，
他乡③故里④怎欢欣。

首句平起平收式，上平声【十二文】韵，首句邻韵【十一真】。

2010 年 5 月 31 日夜于星城侯家塘宅

①家庆，即作者老伴梅家庆。
②诸同窗，指老伴梅家庆的醴陵同学。
③他乡，指瓷城醴陵。
④故里，指长沙。

〖七言古绝〗

和翁君佑龙[1]《师生华雅相见感怀》

2014年6月28日下午在华雅[2]的合影。

右起第一人为翁佑龙。

①翁佑龙，醴陵六中高九班学生，铁道兵部队转业后为文职干部，擅长书法。

②华雅，指长沙华雅大酒店。

天上人间神仙地，
盛世相聚景色奇。
四十年前如梦事，
师生共叙情依依！

上平声【四支】，【五微】韵。

2014 年 7 月 25 日于星城侯家塘宅

附翁佑龙原诗《师生华雅相见感怀》

星城华雅桃园地，
宛入蓬莱人称奇。
似水如歌昔日事，
师生难舍柳依依。

〖七言古绝〗

赞同窗李锡川[1]

聚会新化[2]探锡川，
平淡青春遭劫难。
盛情款待陪游览，
豁达如君众人赞！

仄韵：去声【十五翰】。

2014年10月15日左右于新化

①李锡川，大学同窗。
②新化，李锡川的家乡。

〖七言古绝〗

《反腐倡廉以修身》[1]结语

年少本色勤与俭，
青春军旅受磨炼。
反腐倡廉多著作，
喜爱阅读是关键。

2014年12月2日于星城侯家塘宅

① 《反腐倡廉以修身》，该文刊登在《株洲日报》2015年3月6日B3版，系作者撰写的关于株洲醴陵籍作家贺清龙的报道。

〖七言古绝〗

赞双手断残人书法

生路本靠双手开，
意外断残食无来。
不是如君钢铁志①，
如何挥毫驱伤哀！

上平声【十灰】韵。

---

①如君钢铁志，此君系双手断残书法家涂祖根。2015 年 2 月 15 日下午作者亲见他在星城东塘一带演示书法，并购买了他两幅书法作品。

〖七言古绝〗

读蒋君事成《蒋许[1]旅游影录·弁言》

三费[2]得览尽潇洒，
豪壮足迹遍中华。
夫妻环球幸福游，
相机摄下众人夸！

下平声【六麻】韵。

2015年8月1日凌晨于星城侯家塘宅

①许，指蒋事成夫人许老师。

②三费，指蒋事成同学“弁言”中所说“文革”时期的旅游，任职时期的旅游，退休后的旅游。

〖词〗

水龙吟·重游醴陵六中旧址梓山学校

2012年10月2日至6日师生聚会于醴陵六中的旧址梓山学校。

梦魂飞驶瓷城，梓山学校情先到。上轮世纪，初年七十，来兹执教。红色苏区，三年岁月，时光妖娆。师生相长进，无心治我，胃肠病，牙关咬！

偏远艰辛窄小，搞拆迁，骨筋伤耗，荒凉残破！个中怀恋，谁人知晓？四十年矣，重游故地，旧颜新貌！喜人间，教育传承不灭，未来姣好！

2015 年 10 月 4 日整理于星城侯家塘宅

此为醴陵六中初 25 班 1970 年下半年在韶山瞻仰时的集体照。执旗杆的男同学叫颜汉湘，站在他后面的人系本书作者，当年因患十二指肠溃疡病得瘦骨伶仃！

〖五律〗

病中戏吟

刀开[①]病痛身，地狱应答人。
强盛唯祈国，欢欣只愿民。
高山妇恩重，大孝子亲情。
如我平庸辈，园林骨粉抡[②]！

首句平起平收式，上平声【十一真】韵。

2015 年 10 月 28 日至 11 月 11 日于长沙市第一医院

①刀开，指在长沙市第一医院泌尿科接受前列腺电切除手术。
②骨粉抡，将骨灰抛撒在园林里就行了。

〖七律〗

寒夜梦醴陵好友杨德元

夜半梦中寒气袭，
蹒跚老友急探床[①]。
校园大障扶正义，
洲上状元同夕阳。
寿庆佳节常祝福，
天南地北永相望。
春秋四十情缘重，
来世仍为我学长。

首句仄起仄收式，下平声【七阳】韵。

公历 2015 年 12 月 11 日于星城美长鑫树园宅

---

①探床，当时作者感冒身体不适。杨君中风后导致老年痴呆。

〖七言律绝〗

迎大学毕业五十周年聚会

晚晴聚会喜眉头，名胜朗州①猴肖②秋。
留影③山腰麓山寺，读书江畔橘林洲④。
病情凶暴曾逃命，机体衰微未解忧。
心意感君如约去，同窗诸位共风流！

首句平起平收式，下平声【十一尤】韵。

2015 年 12 月 12 日于星城长鑫美树园

汤应龙 2015 年 11 月 25 日晚发来和《病中戏吟》的诗文

克公命大，阎王不收。妻儿不放，朋友不舍。俗务未了，哪里敢逃。

---

①朗州，常德的古称。
②猴肖，2016 年生肖为猴。
③留影，指汤君《烛光剪影》一书封面，当年是作者为其实地设计指导的。
④橘林洲，代橘子洲。

仁兄偶疾不须忧，转瞬星城又风流。
时携妻孥登云麓，再唱豪歌橘子洲。
明年同到常德去，寒窗学子又碰头。
沅芷澧兰屈原赋，晚晴无限艳阳秋。

下平声【十一尤】韵。

雪花飘飘

2016年2月1日上午10时至下午4时，长沙出现数年少见的纷纷雪花，余照例在长鑫宅侧佳润新城漫步一小时健身，感觉极爽，特记。

城市发展闹雾霾，江山无彩怨声挨。
出门口鼻时时罩，回道烟尘久久揩。
温饱民生可成法，宜居国计岂为牌？
今朝雪絮漫天飘，空气清新乐满怀！

首句仄起平收式，上平声【九佳】韵。

〖七绝〗

丙申年正月初一答同窗蒋君事成

2016年2月8日（农历丙申年正月初一，晴）于星城长鑫美树园宅依蒋君事成《除夕寄远》韵。

垂暮同窗叙旧年，
感君遥寄好心篇。
春光明媚金猴舞，
喜兆尧天梦可圆。

首句仄起平收式，下平声【一先】韵。

附大学同窗蒋事成除夕发来的短信诗一首《除夜寄远》

辞旧声里又一年，
神州兆亿庆尧天。
好将心意祝远者，
丽日晴天到百年。

〖七律〗

赠同窗胡君文诲①

眼镜宽宽学养精，梦中常见实诚卿。
六年岳麓同窗读，五载瓷城共事行。
报到一中②身引领，调回省会影相萦。
风雷雨雪人生谱，变故难能断友情！

2016年2月19日凌晨于长鑫宅

首句仄起平收式，下平声【八庚】韵。

附2016年2月23日胡文诲微信《答克斯兄〈赠同窗胡君文诲〉》

春风五秩未曾疑，岁月峥嵘染白髭。
岳麓峰头话远古，盛芳园③内育桃枝。
漫言当日勤挥墨，却喜如今频赋诗，
应惜晚晴杨柳色，感君缱绻报兄知。

该诗上平声【支】韵。

---

①胡文诲，醴陵城关镇人，与作者大学六年同窗，醴陵四中五年同事，学业优秀，擅长器乐，二胡尤精。
②报到一中，作者最初被分配在醴陵一中从教，胡文诲亲自带领作者去该校报到。
③盛芳园，即醴陵四中，初称东方中学，陈盛芳创建。

〖词〗

永遇乐·人生感悟

善良、坚毅、无私、坦荡，方得吉祥！由此得词《永遇乐·人生感悟》。2016年2月28日夜作于星城长鑫美树园宅。

坠地呱呱，也曾有梦，遗憾遗憾，一事无成。而今岂止，叹白鬓徒染，峥嵘空缺！缘由身世，机遇病患。更感慨，沧桑坎坷，诱迫我腰折断！

可堪自慰，脊梁还在。且得年华岁晚，清净平和，天伦安享。感悟人生观：善良坚毅，无私坦荡，论吉祥真经卷！凭此举，阎王召唤，定无悔怨！

通用《词林正韵》第7部上声去声，第14部上声去声所定韵字。

〖七言律绝〗

长子雪天出差

网上发图见雪天，小车搭载满湘旋。

悬崖差旅崎岖道，驾驶平和乃父弦！

首句仄起平收式，下平声【一先】韵。

2016 年 3 月 11 日凌晨于星城美树园宅

附 3 月 12 日 9：01 翁佑龙和《长子雪天出差》

本是仲春艳丽天，谁曾料想雪飞旋。

沧桑苦旅人生道，难忘恩师吟父弦。

〖白话诗〗

年轻人的歌唱

我们是早晨的太阳，
祖国的希望，民族的栋梁。
前辈寄予无限期望，
羡慕我们精力饱满，
朝气蓬勃，生命兴旺。

坚持信仰，不赶时尚，
克服浮躁，踏实肯干。
经常充电，登高远望，
勤劳顽强，斗志昂扬，
前进路上勇于开创！

青春岁月，宝贵时光，
虚度年华，只有悲伤！
不一定悲壮，不一定辉煌，
为祖国担当，为人民担当，
就是我们的荣光，荣光！

2016年3月12日上午于星城长鑫美树园宅

〖词〗

江南好·幸福幼孙上初中

其一　赞儿孙

儿郎好，
慈爱却威严。
在学稚孙常给力，
辅雏[①]课业时着鞭。
老父喜开颜。

《词林正韵》平声第七部【一先】和第十四部，【十四盐，十五删】韵。

---

①雏，借指小儿。

其二　早送读

天未亮，
赶紧去学堂。
送读疼儿车电动，
崽伢搭乘大书囊。
打道上班忙。

《词林正韵》平声第二部【七阳】韵。

其三　晚接读

天已黑，
单位各收班。
接读校门迎幼崽，
双双欢快把家还。
同进一晚餐。

《词林正韵》平声第七部【十四寒】【十五删】韵。

其四　夜陪读

多少爱，
夜夜读陪中。
资料繁多爹找遍，
课题堆积崽完工。
不眠忘时钟！

《词林正韵》平声第一部【一东】【二冬】韵。

其五　夸儿媳

儿媳好，
助教有分担。
接送稚孙常替代，
东西采购时转圈。
从未见厌烦！

《词林正韵》平声第七部【十三元】第十四部【十三覃】韵。

2016 年 3 月 23 日夜至 3 月 30 日于星城美树园宅吟

〖七绝〗

清明祭扫

其一 国假

（2016.4.2）

清明时节岂探春[①]，
放假全民祭祖行。
挈妇将雏同扫墓，
中华传统重亲情。

首句平起平收式，下平声【八庚】韵，首句邻韵上平声【十一真】。

①探春，清明习俗之一是踏青。踏青又叫探春、寻春、春游等。

其二　祭父

（2016. 4. 3）

梦中感愧见爹亲，
祭祖清明更动情。
痛洒男儿今日泪，
死生相隔孝无行！

首句平起平收式，下平声【八庚】韵，邻韵上平声【十一真】。

其三　祭母

（2016. 4. 6）

坟前哀切叫娘亲，
踉跄躬身碎步行 。
一息尚存来祭拜，
寸心难报暖晖①情。

首句平起平收式，下平声【八庚】韵，邻韵上平声【十一真】。

2016 年 4 月于星城长鑫美树园宅

---

①暖晖，唐人孟郊有诗句“谁言寸草心，报得三春晖”。

〖打油诗〗

老来学之一

养生方法多，我选老来学。

太极拳剑功效好，每种样式都学过。书法习练搞得早，体会是要多琢磨。电脑技能学得晚，日记已记一大摞。智能手机也学会，网络通信能利索。钻研格律兴趣高，偶尔搞点小诗歌。

幼时孤凄，少时贫寒，无心向学。年轻无缘佳境，有心向学成蹉跎。从业劳苦，无暇补课。

退休起始，克服懒惰，样样自学，充实无失落。记忆增强，可防脑缩！

2016年5月19日上午于星城长鑫美树园宅

〖词〗

定风波·老来学之二

往昔蹉跎爱晚晴，
养生保健要相应，
我取老来勤奋学。
同乐，
延年益寿向前行！

大脑多思防萎缩，
没错！
阅读记忆可增生，
杜绝空虚无失落，
良药！
余年填补少时坑。

词林正韵：平声第十一部【八庚】【九青】【十蒸】通用，仄声（入声）第十六部【三觉】【十药】通用。

2016年5月20日于星城美树园宅

〖打油诗〗

老来学之三

世事纷繁，求医就诊，养生保健，网络电信，漫天广告，坑蒙拐骗。

宗法伦理，人事矛盾，国际关系，缺少正义。

老人迷糊，是非曲直，真善邪恶，更需辨识。

勤学多思，祸害可避。辩证观点，唯物主义，牢牢掌握，便可不欺！

2016 年 5 月 21 日于星城长鑫美树园宅

〖七律〗

老来学之四

世事纷繁多诈骗，老年应读学勤篇。
看书记忆能增长，探本迷糊可愈痊。
恶善丑美邪正混，唯物火眼辩证穿！
学勤亦为养生法，保健如何只剑拳？

首句仄起仄收式，下平声【一先】韵。

2016 年 5 月 22 日于星城长鑫美树园宅

〖七律〗

赞贺光亮①同学发送醴陵美景图

瓷城文化共吟讴，辈有英才景点稠。
仙岳山边江水绿，状元洲上拱桥牛。
云岩寺下浮新韵，文笔峰前建彩楼②。
网上画图光亮转，情怀乡土是风流！

首句平起平收式，下平声【十一尤】韵。

2016 年 6 月 5 日于星城长鑫美树园宅

---

①贺光亮，醴陵贺家桥人，醴陵六中、四中学生，醴陵科技系统干部。

②建彩楼，文笔峰前有群力瓷厂，即醴陵新八景之一“红色官窑”，不远处还有醴陵新八景之一“陶瓷艺术城”，展现出一派光彩景象。

〖七绝〗

梦游瓷城醴陵

故地瓷城梦里游，春秋二十久居留。
今朝景物呈新貌，一扫心中旧苦愁！

首句仄起平收式，下平声【十一尤】韵。

2016年6月5日于星城长鑫美树园宅

读周南中学端午节慰问电有感

屈子精神光日月，针砭求索国家雄。
传承端午浓浓意，圆梦九州腾巨龙！

首句仄起仄收式，第四局孤平自救，上平声【二冬】韵。

2016年6月9日上午于星城长鑫美树园宅

〖七绝〗

端午时节答同窗趣问①

屈子名篇《渔父》曲，
专发沧浪水之源。
超脱潇洒神仙法，
早已如君巧口言！

首句仄起仄收式，上平声【十三元】韵。

2016 年 6 月 10 日下午于星城长鑫美树园宅

---

①同窗趣问，端午节前一天，某同窗微信问：“沧浪之水清兮？”“沧浪之水清兮”源自屈原《渔父》“沧浪之水清兮，可以濯吾缨。沧浪之水浊兮，可以濯吾足。”意思是：“河水清澈啊，可以洗我的头发。河水浑浊啊，可以洗我的脚。”引申为要适应客观条件，根据世道决定进退，选取超脱世俗名利的潇洒人生态度。

〖七绝〗

悼念岳叔梅树淇

岳叔梅树淇次子晓晨2016年6月15日傍晚6:11发来微信说："亲人们，上海就在这个时候突然下起了大雨，仿佛在哭泣这位去世一周年的抗日远征军老兵，老共产党员！"当时长沙也大雨滂沱。

岳叔驾鹤一周年，
哀痛亲人泪水涟。
怎得音容能再现，
高风亮节灌心田！

首句平起平收式，下平声【一先】韵。

〖七律〗

孙女孙儿苦战初二地理生物结业考

人生道上幼年孙，
未解中考尽巧言。
学校谋求绩效酷，
家庭期盼过关昏。
加班加点无烦躁，
死记呆抄不减温。
纵使今朝有惊喜，
如何来日得欢喧？

首句平起平收式，上平声【十三元】韵。

2016 年 6 月 18 日夜于星城长鑫美树园宅

〖白话诗〗

大学毕业50周年同学聚会

其一　赴会

亲爱的同学们，

我穿过浓云密雨，

你冒着电闪雷鸣，

他踏过沼泽泥泞，

我们翻过无数险峰，

迎着金秋的和风，

披着灿烂的阳光，

怀着激动的心情，
带着家人的问候，
拖着病弱的一身，
挂着满脸的热泪，
飘着满头的白发相迎，
高举双手，张开怀抱，
一起来聚会！
聚会，聚会，
让我们陶醉！

其二 聚会

你来了，我来了，他来了，
陆陆续续都到了，
相聚会上纷纷发感言。

张三说某某连续升迁，
王五说某某儿女孝顺、夫人贤，
生活美满，人人羡。
你一言，我一言，笑语喧天！
李四说我辛勤耕耘，诗文连篇，
他的汇报引得喝彩连连！
接着赵六平静地发言：
我过得平平庸庸，无悔无怨，
尽职就是贡献，
健在就是资源，
人生还有什么值得贪恋？
他的表述更获得掌声连天！
可是啊，可是啊，
环视周边，此恨绵绵，
当年的学友，有的已经长眠，
没来参加我们的酒宴，
让我们举起酒杯，深深祭奠！
祭奠，祭奠，再祭奠，
我们的怀念，天长地远！

其三 再会

猴年，猴年，
大学毕业五十周年，
难得的相见！
攀过七十岁的巅峰，
各有苦辣酸甜。
但我们人生有幸，
而今福满人间！

回去之后啊，
更要注意养生保健，
珍惜晚晴，
尽享天年！
老同学啊，我亲爱的朋友们，
离别时不要泪水满脸！
时代这么美好，要坚信，
我们还会再次相见！
明年，后年，再后年，
再见，再见，再见！

2016 年 10 月 23 日至 27 日于常德

〖七律〗

唐兄鹏飞①八十寿诞

敬你从医自学成，待人宽厚最倾情。
株洲铁小瓜充饼②，长岛③清斋④币转羹⑤。
细崽骨伤身救治⑥，荆妻业进府相迎⑦。
仁心仁术名声大，缘分深长若比兄！

首句仄起平收，平声【八庚】。

2016年7月18日下午丁星城长鑫美树园宅

---

①唐鹏飞，作者小学同窗，株洲市骨伤科医院原业务院长。2018年农历十月二十九日80岁。
②瓜充饼，俗语说“画饼充饥”，20世纪50年代初作者与唐鹏飞在株洲铁一小学就读，每当临近考试，他总是邀同学到他家复习备考，饿了就摘取自家种的黄瓜给同学们吃，以瓜代“饼”。
③长岛，代长沙。
④清斋，指20世纪60年代作者就读的湖南师范学院。
⑤币转羹，作者在湖南师范学院就读时，有一次在书店看到一套《红楼梦》，没钱买。唐知道后，从每月15元的学徒工资里拿出10元寄给作者。作者收到钱后马上买下那套《红楼梦》，如饥似渴地读起来，故有“币转羹”之说。
⑥身救治，1975年冬两岁半的小儿子在醴陵大障小腿摔成骨折，作者一人带着长子抱着小儿子，摸黑辗转乘车赶到株洲请唐医治。时过半年终于痊愈。
⑦府相迎，1984年作者的老伴考进株洲教师进修学院，一时无餐宿处所。唐一家老小腾出空间，慷慨接纳，热情款待，为她安心进修提供优越条件，甚为感人。

四字句祭祖韵文

呜呼先祖，邹公蔚阳！幼年苦楚，随母下堂。辗转漂泊，来到荷塘。多年寄居，刘氏祠堂。辛勤耕耘，自建土房。婚配贺氏，菊英姑娘。

敬我家族，先祖蔚阳。虽然文盲，持家有方。终生务农，闲时从商。不畏权势，敢斗官场。崇敬技艺，不媚时尚。育有三子，本色儿郎。长子宗孟，会操染坊。次子宗仲，善营市场。小儿宗季，幼进学堂。兄弟三人，勤俭崇尚。

哀我先祖，劳苦残伤。不到花甲，凄然身亡。未能看到，全国解放。痛我祖母，菊英姑娘。“文革”时期，客死他乡。尸骨未还，令人哀伤。二哥宗仲，命苦不长。四十几岁，就已病亡。一堆儿孙，终于成长。小弟宗季，学成闯荡。“文革”后期，获得解放。七十二岁，尸骨回乡。长兄宗孟，寿命最长。八十二岁，葬在本乡。

当今盛世，中国梦想。创新发展，幸福安康。邹氏家族，儿孙满堂。神州大地，遍洒荣光。瑞云旺平，嫡孙长房。忠厚发林，嫡孙二房。磨难克斯，嫡孙三房。携子将孙，同来拜望。曾孙永龙，操持提倡。感谢祖先，地下灵光。保我子孙，快乐吉祥。佑我故土，繁荣富强。列祖列宗，菩萨心肠。感恩戴德，与日俱长。子孙万代，永不相忘。传承美德，光大发扬！

尚飨！

2016年9月8日下午拟于星城美树园宅

〖七律〗

郎平一家出席央视中秋晚会

去年中国女排世界杯夺冠后，网上就有人质疑“中国女排世界杯夺冠难道只靠郎平一人？”因有此作。

央晚中秋颂国才，
郎平家在受邀侪。
倾情新秀忠华夏，
主教排坛夺冠牌。
承载精神抓技术，
勇攀峰顶展胸怀。
年经十二终出气，
功大原该不掩埋！

首句仄起平收式，平声【九佳】韵，首句邻韵上平声【十灰】。

2016 年 9 月 13 日于星城长鑫美树园宅

〖七律〗

拜望老同事贺力乾[1]先生

离别先生数十年，
温情暖暖注心田。
昔时邻舍承关爱，
往岁同行共缺眠。
告老曾来探幼小，
高龄犹记誓言篇[2]。
九旬多寿追随党，
钦敬忠诚贺力乾！

首句仄起平收式，下平声【一先韵】。

2016年9月24日凌晨拟于星城长鑫美树园宅

①贺力乾，醴陵贺家桥人，四中老教师，教务处员工，教过英语，毕业于湖南大学。
②誓言篇，指入党誓言。贺老直至1985年60岁退休前夕经上级组织特例批准入党。

〖七绝〗

怀念醴陵六中老同事邹宜人

其一 教诲

舞文弄墨品高翁[1]，
书赠名言长者风。
悬挂至今仍受益，
音容长在我心中。

首句平起平收式，上平声【一东】韵。

---

①品高翁，即邹宜人老师。他于1980年在醴陵六中退休，“文革”前曾在醴陵四中工作。他虽只有初小学历，但爱好学习，文史地数理化，乃至外语功夫均不浅，擅长书法，吹拉弹唱样样在行，豁达上进，待人友善。

其二 关切

告老还乡惦记频，
盛芳园①里夜专询②。
精藏整套书③交我，
伯叔仁心感愧身。

首句仄起平收式，上平声【十一真】韵。

其三 怀念

若是天年九六春，
惊闻仙逝几吟呻④。
坟茔安葬归何处，
好去陵前拜至人！

首句仄起平收式，上平声【十一真】韵。

2016年10月15日拟于星城长鑫美树园

①盛芳园，醴陵四中的别称。1982年秋作者调至该校工作。
②夜专询，夜晚专程来探望，询问我的工作生活情况。
③整套书，指《康熙字典》。他知道我谋求此套工具书已久。
④吟呻，呻吟。

〖词〗

沁园春·欢呼女排王者归来

王者归来，奥运巴西，我国女排！叹胸怀理想，忠诚担待，团结拼搏，再夺金牌。执着顽强，永抛放弃，重上头羊领奖台！全世界，展自豪自信，民族襟怀！

郎平主教金钗[①]，技术硬，高超精选才。看“排坛圣母”，“金牌教练”组团培训，锻造人才。鏖战群英，指挥若定，十二年重获奖牌！论成败，但用人放胆，创建和谐！

词韵：《词林正韵》第五部平声【九佳】【十灰】韵。

2016年9月15日于星城长鑫美树园宅

①金钗，借指中国女排。

〖七律〗

致凤奇同学怀念醴陵六中高二班

高中一届二排班①，旧址同窗档梓山。
初上讲台修炼浅②，常怀顾虑③病秧颜。
山村教学同艰苦，校舍搬迁共霸蛮④。
伴读两年情义重，凤奇请转我心关！

首句平起平收式，上平声【十五删】韵。

2016 年 11 月 17 日下午于星城长鑫美树园宅

---

①二排班，该校第一届高中两个班，1971 年春季开办，学制两年。当时实行军事化管理，第二班又称第二排。作者任二排班班主任并教这两个班的语文。贺凤奇为该班学生。对这两个班的学生作者一直魂牵梦绕。
②修炼浅，作者那时刚刚参加工作，业务生疏。
③常怀顾虑，作者担心工作出差错，担心辜负领导和同学们的信任。作者那时十二指肠溃疡很严重，一副病恹恹的状态。
④共霸蛮，当时该校学生常常停课搞拆迁、搞基建，但师生劳动都很卖力。

〖七律〗

评网上养生保健说

养生保健教条多，
照办余年奈若何。
儿女隔离为享受，
公婆自我乃颂歌。
艰难困苦无资助，
放任言行有错讹。
情分担当抛脑后，
吃喝玩乐总煎磨！

首句平起平收式，下平声【五歌】韵。

2016 年 11 月 19 日于星城长鑫美树园宅

拟醴陵云峰寺[①]的两副对联

（1）寺内革命事迹展览室对联

上联：云峰磅礴，再建巍巍大仙古寺；
下联：展室辉煌，弘扬荡荡英烈精神。
横批：继往开来

（2）寺中厅门柱对联

上联：紫气东来[②]，常思神道引清泉，恩泽百姓；
下联：光芒四射，勿忘忠魂修正果，福祉中华。

2016 年 10 月 5 日下午于瓷城受刘开科先生电话嘱托后拟

①云峰寺位于醴陵大障江边，附近地势壮阔雄伟，景色优美，祥瑞如意。所以这两副对联既写景，又讴歌革命英烈，祈盼革命事业继往开来！
②紫气东来，翁君佑龙参与修改。“紫气东来”一词系其修改。

〖四言古风〗

赞醴陵大障云峰寺

巍乎壮哉，寺跨两处。醴陵攸县，明月皇图。
立于主峰，群峦突兀。地势险要，四面树木。
神秘色彩，时有云雾。古寺建造，明朝洪武。
山西张氏，来个巡抚。名曰紫衣，建寺开路。
引来泉水，为民造福。奉为大仙，此有陵墓。
香火旺盛，清泉解苦。

民国初期，百姓悲凄。农村考察，风尘来兹。
披星戴月，伟人润之。耕耘播撒，革命种子。
云峰地段，耿飏举事。赤卫队伍，出生入死。
五年岁月，上百烈士。党的领导，常来古寺。
决议部署，斗争坚持。红南四区，光荣旗帜！

古寺毁坏，建国前夕。清龙蛟龙，本土贺氏。
长兄清龙，深厚情意。革命传统，世代传递。
乡土资源，从此开启。革命先烈，永不忘记。
报请国家，重建古寺。战友响应，乡亲集资。

清龙本是，贫穷子弟。退伍军官，纪检干部。
定居北京，业余著书。捐出稿费，倾心扶助。
三百万元，公而无私。其弟蛟龙，全力操持。
刘公开科，谢君文奇，不辞劳苦，自费理事。
废寝忘食，夜以继日。历经三年，建成新寺。
革命事迹，设有展室。供人观看，不忘历史。
缅怀先烈，续写新诗。

可敬人们，非同昔时。崇尚德善，心地更慈。
生活富裕，积德出资。身份尊贵，行善无私。
社稷强盛，不忘先知。幸哉喜也，撰而咏志[①]。

2016年秋于星城长鑫宅

---

①撰而咏志，全诗主题为歌颂重修古寺的意义，歌颂时代风貌。篇章结构四个层次。
第一层次，古寺附近的气势景色，创建的传说。
第二层次，古寺的革命事迹。
第三层次，重点。古寺重修的情况，有功人员。
第四层次，作者感慨，时代风貌，撰写缘由，点题。
开篇第一句“巍乎壮哉”，仿李白《蜀道难》第二句“危乎高哉”。此“壮”含有云峰寺革命事迹“壮烈”之意。文中“耿飚举事”的“举事”，即“发动武装起义”。

〖七律〗

吟长沙市二十三中[①]凤凰涅槃[②]

稳定人心九四年，
选拔领导事排前。
探寻特色开英语，
更换园区展大天。
设备增加名气振，
教风整肃结帮蔫。
方针扶助情怀改，
浴火重生尽笑颜！

首句仄起平收式，下平声【一先】韵。

2016 年 11 月 20 日下午于星城长鑫美树园宅

---

①长沙市二十三中，该校创办时间短，规模小，作者曾任该校副校长、副书记、代校长。原来一些人私心作祟，结帮拉派，钩心斗角。正气受压，人心不定，以致集体上访，要求更换校领导。后在政策扶持下，搬迁改为长沙市外国语学校，办得红红火火。

②凤凰涅槃，大意是凤凰浴火燃烧，向死而生。

〖七律〗

乘坐长沙地铁一号线

二线湘江地下廊，
又开一线正南方。
缓和堵塞行车慢，
加速穿梭办事彰。
不见尘霾心肺健，
未闻喧噪耳根康。
米形架构①双拓展，
来日星城添靓妆。

首句仄起平收式，下平声【七阳】韵，尾联系拗救句。

2016年11月17日夜拟于星城长鑫美树园宅

①米形架构，至2030年长沙将建12条地铁线路，布局为“米字形构架，双十字拓展”。

〖七律〗

答贺君凤奇和诗及咏妙泉仰山殿诗

尊师重道①凤奇君，
就读高中治学勤。
从教耕耘充后浪②，
吟诗咏叹盖同群。
仰山殿唱乡情重，
档梓山歌梦境醺。
实践真为长才干，
胜蓝③病老我欢欣。

首句平起平收式，上平声【十二文】韵，第七句为特殊律句。

2016 年 11 月 26 日下午于星城长鑫美树园宅

---

①尊师重道，指尊敬师长，重视老师的教导。贺凤奇同学在 1972 年底高中毕业后，在本土从教直至退休。2016 年 11 月 6 日收其微信语：“感谢您的教诲。任何时候都不能数典忘祖，欺师灭道……”

②充后浪，俗话“长江后浪推前浪”之化语。充，充当。

③胜蓝，典出荀子《劝学》“青出于蓝而胜于蓝。”

附：贺凤奇原诗

之一：成长于醴陵六中

和邹克斯老师诗作，祈斧教，更望群里本届同窗和学弟学妹们润之。

醴陵六中档梓山，老区始办高中班。
时值“文革”动荡期，又逢自然灾难关。
追梦师尊护桃李，摘星学子雏栋梁。
莫道昔日修炼浅，丹心一片耀楚南。

之二：冬日路经妙泉并登仰山殿有感

商驿从来通吴楚，巨樟自古佑妙泉。
仰山东塔成虎踞，攀桂西鳞绘龙蟠。
弯月辉壁映攸醴，向阳清河奔渌江。
常有英才宏乡梓，一展雄风换新颜！

于 2016 年 11 月 18 日

〖七绝〗

题贺君凤奇醴陵明月峰护峰碑影照

明月峰前巨碑耸，
俊贤儿女列威名[①]。
家乡壮丽神州美，
守土相连护国情[②]。

首句仄起仄收式，下平声【八庚】韵，首句为特殊律句。

2016 年 12 月 8 日凌晨于星城长鑫美树园宅

---

①列威名，碑石上的护峰人中，有不少醴陵六中的学生，包括高二班的贺凤奇和肖宗仁。
②相连护国情，守护乡土的情怀和护卫国家的情怀是相连的，是一样的。

〖七律〗

记患支气管炎

天寒穿戴欠规章，
气管咽喉起祸殃。
初始喀喀时咳嗽，
继而喘喘总风箱。
日长月久求医治，
覆去翻来扰梦乡。
疾患些微伤害大，
青春不再莫争强！

首句平起平收式，下平声【七阳】韵。

2016 年 12 月 11 日于星城长鑫美树园宅

〖七绝〗

题贺君凤奇醴陵天华台影照

当年抗日烽烟哨，旧址旁边建庙台。
菩萨善心民族恨，那厢强盗敢胡来！

首句平起仄收式，上平声【十灰】韵。

2016年12月8日凌晨于星城长鑫美树园宅

〖七言古绝〗

叹聂树斌冤案

2016年12月10日中午于长鑫美树园宅收看央视《再审聂树斌案》后吟。

二十一岁小青年，二十一年窦娥冤。
钦敬再审巡视组，匡扶正义法治天！

通韵上平声【十三元】下平声【一先】。

〖七律〗

慰唐君华林同学

图中右起第一人为唐君华林。

真正离奇荒诞事[①]，
回来就是福中人。
孝心儿女天伦乐，
劳苦夫妻陪护亲。
将养醴陵风水好，
游观乡井面容新。
从长计议出山后[②]，
何处才华不显神！

首句仄起仄收式，上平声【十一真】韵。

2016年12月12日夜于星城长鑫宅

①荒诞事，唐君华林系醴陵六中学生，大障柴冲村人，常年在外工作，颇有成就。2016年11月17日下午他与同事去深圳出差，手机、钱包和身份证一并被盗，异常失联，我们大家非常焦急，经他儿女和众多朋友多日四方寻找，于2016年11月30日将他接回醴陵家乡。回乡后2016年12月12日，他与同村好友刘君高山专程来星城看望我和老伴。

②出山后，唐到我家看望我后，即复职上班了。对方曾发来微信说，公司特别关心他，对他的工作很认可，年底奖金一分没少，还多了一些，他非常感谢。亦足令人欣慰！

〖七言律绝〗

题肖祥连[①]书醴陵明月峰石碑影照

明月峰前碑两座，
祥连书写展雄风。
当初年少聪明子，
今日修成独到功！

首句仄起仄收式，上平声【一东】韵。

2016年12月13日于星城长鑫美树园宅

①肖祥连，即醴陵六中高二班肖宗仁，高中毕业后改为此名。

〖七律〗

读贺君岳明①《知天命②之感言》

笔端智慧写名言，传记情怀教子孙。
故里险圆初小梦③，军营痛失本科门④。
瓷城广电功勋卓⑤，困境人生价值尊。
劳顿艰辛争奉献，家风忠孝铸灵魂！

首句平起平收式。上平声【十三元】韵。

2016 年 12 月 14 日于星城长鑫美树园宅

---

①贺岳明，醴陵大障贺家桥人，醴陵六中高 28 班学生。

②知天命，即 50 岁。

③险圆初小梦，因家庭成分不好，差一点未上小学。

④痛失本科门，在部队因填写志愿不当和患严重疾病两次未被军校录取，深造无门，升迁无望。

⑤瓷城广电功勋卓，部队转业后任醴陵广播电视台业务台长，很有作为。

〖七律〗

赞醴陵六中七六届毕业生四十周年同学聚会

2016 年 10 月 5 日至 8 日，醴陵六中七六届同学在瓷城组织了毕业四十周年聚会，活动很成功。最使人感动的是，这次活动把聚会剩余的资金捐助给了那些因经济困难没能来参加聚会的同学，很有人情味！故有此作。

金秋聚会见精神，
离别情深四十春。
提前订餐空数席，
届时合影缺多人。
挂怀穷病艰难者，
捐助资金困苦身。
看把同窗如手足，
感天动地世风新。

首句平起平收式，上平声【十一真】韵。

2016 年 12 月 20 日于美树园宅星城

〖七律〗

赞邱夫子[1]《读昭山》

妙哉赤子故乡情，晚岁昭山赞颂声。
文气浩然烽火卷[2]，学功深厚俊才帧[3]。
长株潭绿心商场[4]，水陆空生态乐城[5]。
壮美河山浇热血[6]，笔耕不辍著书精。

首句平起平收式，下平声【八庚】韵。

2016年12月24日于星城长鑫美树园宅

①邱夫子，邱君长林也，大学同窗。湘潭市昭山人士，丙申年著有《昭山十二章》，《读昭山》是该书的一个篇目。

②烽火卷，文气浩然地为我们展示了昭山历史上一卷又一卷烽火连天的斗争场面。

③俊才帧，翻开了昭山历史上一帧又一帧俊杰英才的图像。

④绿心商场，描绘了在长株潭这个中心地带——昭山，绿色商场的美好景象。

⑤生态乐城，为我们展现了在昭山这个交通枢纽建造快乐幸福城镇的前景。

⑥浇热血，邱在该书曰“壮丽河山当以热血浇灌”。

〖七言古绝〗

报亲友右眼白内障手术平安

临行各位温馨酒，浑身是胆雄赳赳。
归来但愿云雾除，看书写字少曲扭！

上声【二十五有】韵。

2016 年 12 月 30 日于星城长鑫美树园宅

〖七绝〗

寄程君印光[1]

同窗共寝隔洋君，犹记当年夜话神。
老弱病残常念旧，鸡鸣聚会可增人？

首句平起平收式，上平声【十一真】韵，首句“君”，邻韵上平声【十二文】。

2017 年 1 月 10 日早拟于星城长鑫美树园宅

---

①程印光，湘潭人，大学室友，幽默风趣，退休后旅居加拿大，时时萦怀。相约鸡年长沙再聚会。

〖七律〗

咏吴君光宇①同学聚会

湖湘学友里耶人，聚会往往幸晤君。
求学星城精汉语，修行南宁破妖云。
奔波万里来相见，打道千声保重殷②。
术有专攻心底亮，雅呼瞎子眼无曛③！

首句平起平收式，上平声【十二文】韵，首句邻韵【十一真】。

2017年1月11日于星城长鑫美树园宅

---

①吴光宇，大学同班学友，汉语课代表，湘西龙山里耶人。佩戴一副近视眼镜，雅号“宇瞎子”，从湖南调至南宁警校执教逻辑学。多次参加同学聚会。
②保重殷，此处“殷”系“深厚”之意。即嘱咐“保重”。
③曛，昏黑。

〖七绝〗

星城金汇园

少有喧嚣浓雾天，
求医采购也方便。
看书写字观风景，
此处宜于度晚年。

首句仄起平收式，下平声【一先】。

2017 年 1 月 19 日于星城长鑫美树园宅

〖七律〗

梦亡母赴医院探看病儿

——步韵李商隐《无题 · 相见时难别亦难》

相见时难别亦难，梦中踉跄夜将残[①]。
神情郁郁忧无尽，白发飘飘泪不干。
未报春晖游子恨，又承冬暖[②]去身寒[③]。
感天动地阴魂爱，穿越时空为探看。

首句仄起平声式，上平声【十四寒】韵。

2017 年 1 月 20 日于星城长鑫美树园宅

附：李商隐《无题·相见时难别亦难》

相见时难别亦难，东风无力百花残。
春蚕到死丝方尽，蜡炬成灰泪始干。
晓镜但愁云鬓改，夜吟应觉月光寒。
蓬山此去无多路，青鸟殷勤为探看。

---

①夜将残，天要亮了。
②冬暖，冬天和暖的阳光。
③去身寒，除去身上的寒冷。

〖七言古绝〗

约会樊公正坤[①]

竹林深处见人家，
樵夫我就居山崖。
相请渔翁樊太公，
闲时前来共饮茶。

下平声【六麻】韵。

2017年1月22日中午于星城金汇园宅

①樊正坤，湖南临湘人，大学同班同寝学友，长沙民政学院原教务主任。

〖七绝〗

楼顶花园

楼顶花园景色新，
耕耘盘弄我亲身。
生机勃勃人难老，
共享中华茂盛春。

首句仄起平收式，上平声【十一真】。

2017 年 2 月 8 日凌晨于星城金汇园宅

〖七绝〗

楼台菜圃之一

冬去春来小菜苗，楼台播种也妖娆。
不栽花木缘由痛①，难忘荒年救命招。

首句仄起平收式，下平声【二萧】韵。

2017年2月20日中午于星城金汇园宅

①缘由痛，1960年，奶奶饿得气息奄奄，我在星城新开铺一个山沟里，寻到一户农家，欲以一元五角钱买其一棵白菜给奶奶充饥，未获应允，言欲自留保命。这就是如今我在楼台只种植蔬菜的缘由。

〖词〗

望海潮·也侃央视“中国诗词大会”

《中国诗词大会》第二季，自2017年1月29日（大年初二）至2月7日完结。上海高挑女孩武亦姝夺得冠军。有人问：“背诵千首诗词又有何用？”有人在网上说：“诗词大会说白了还是一场电视秀。”更有人在网上发评论说：“诗词这东西可比游戏让人痴迷，古代书生穷其一生游艺此道，耗时耗力与社会发展并无多大益处……此等游戏年轻人无须涉入过深，适合退休之人把玩。”乃有感而作。

办惊天事，行风云路，人们应读诗词。人类饮食，心灵影照，美的礼赞良师。更榜样红旗。思想修炼战，武器英姿。文化灵魂，九州骄傲，美诗词。

并非作秀离奇。武亦姝夺冠，贵在情思。热爱痴迷，吟哦背诵，探寻诗意玄机，一举上高枝！央视搭台好，文化拼比，涵养心灵，诗词大会竖丰碑！

词韵：《词林正韵》第三部平声韵。

2017年2月14日于星城金汇园宅

〖七绝〗

翁君佑龙《心路》续尾

求索孜孜学海龙，诗书并茂敢登峰。
心胸高雅浓情义，后辈传承大有宗。

首句仄起平收式，上平声【二冬】韵。

2017年2月26日凌晨于星城长鑫美树园宅

〖七绝〗

赞贺君凤奇摄醴陵梓山学校红桂树

莘莘学子谁蹉跎，
桂树开花赋赞歌。
犹记当年苗稚嫩，
而今香艳壮山河。

首句平起平收式，下平声【五歌】。

2017 年 2 月 27 日下午于星城长鑫美树园宅

（左二为贺凤奇）

贺君凤奇2017年2月27日下午2:56发微信说明：凡在梓山醴陵六中工作和学习过的老师、学友们，还记得它吗？它还坚守在那庭院里，欲与天公试比高，阅尽校园春色……如今它两人合抱围不住了，树荫如盖，顶冠超过了房子……它就是那棵红桂花！想想它，为它欢呼吧！

〖对联〗

挽学友伍忠林①

上联：社稷胸怀终璀璨，称风流有理；

下联：农家身世本仁慈，恨病痛无情。

2017年3月4日吟于星城长鑫美树园宅

①伍忠林，作者大学同学，班团支部书记，生前为湖南科工委办公室主任，因患胃癌于2017年3月4日清晨去世。

〖七绝〗

春光颂

时丁酉鸡年二月十二日，星城风和日丽，阳光灿烂。

楼顶和风二月孩，
青青小菜数花开。
老夫斗室闻听少，
世上春光早已来。

首句仄起平收式，上平声【十灰】韵。

2017 年 3 月 8 日中午吟于星城金汇园

〖七律〗

养生保健说

2016年11月19日对此曾有一评。前天有人在微信群里转发了一个链接，标题是《我没有责任和义务带养孙子》。大有所感而作。

一言没有太无情，
血脉相承怎撇清。
身体衰微儿戒躁，
钱财短缺女吞声。
能将余力帮扶幼，
饱享天伦快乐萦。
莫把异邦歪论颂，
中华文化最峥嵘。

首句平起平收式，上平声【八庚】韵。

2017年3月8日夜于星城长鑫美树园宅

〖七绝〗

说敬香拜佛

天下名山寺庙多，

格局处处可吟哦。

同门也有非诚意，

只是游玩找乐呵！

首句仄起平收式，下平声【五歌】韵。

2017 年 3 月 18 日下午于星城长鑫美树园宅

〖词〗

西江月·致62级中文二班微信群友

岁岁耕耘学习，年年劳作奔波。尽忠尽责谱新歌，是我同窗共伙。

一晃古稀病弱，数声老友啰唆：休言往昔有蹉跎，但保晚年无过！

《词林正韵》第九部韵。

2017年3月20日下午于星城长鑫美树园宅

〖七律〗

吟咏散步

每天散步一钟头，
保健歌吟举措优。
编创诗词寻意象[1]，
挑选字句辨缘由。
生活安置斟枝节，
回首人生择计谋。
行走推敲癫子态，
劝君学我傻公邹。

首句平起平收式，下平声【十一尤】韵。

2017 年 3 月 23 日下午于星城长鑫美树园宅漫步时吟

①意象，诗歌的主题思想确定后，把所要表达的情感用物象呈现出来即“意象”。专指借助具体外物，用比兴手法表达作者情思。

临江仙·春夜听雨

2017年3月21日夜，星城春雨，窗外遮雨棚咚咚作响，因仿《三国演义》开篇词作《春夜听雨》，劝后辈勤学。

静静熟眠春雨水，雨棚夜半声咚。年华岁月转头空，此身依旧在，几度①陷驴穷②。

野老荷塘③翁寄语，春风秋月无终。免为到老是孬种。本来多少事，勤学应成功。

《词林正韵》第一部韵。

---

①几度，虚指，好几次。

②驴穷，取成语“黔驴技穷”之意。

③荷塘野老，作者网名。

〖七绝〗

赞央视“朗读者”

继今年春节播完董卿主持的“中国诗词大会”后，2017 年 2 月 18 日晚，央视开始播出董卿制作兼主特人的又一文化综艺节目“朗读者”，让朗读回归生活，以情感突显文学之美。

制作操刀①妙董卿，
文章故事最真情。
核心价值传媒路，
栏目开播志向明！

首句仄起平收式，下平声【八庚】韵。

2017 年 3 月 27 日凌晨于星城美树园宅

①操刀，即“主持”，见《现代汉语词典》。不用“主持”是为了避免“孤平”。

〖七律〗

再赞梓山学校红桂树寄杨金云[①]同学

梓山红桂一新花，
心血专科救治家。
医大研修勤奋学，
株洲从业众人夸。
闲时工笔兼书法，
忙里医疗并核查。
歌咏悠扬而气壮，
再吟诗赋颂奇葩！

平起平收式，下平声【六麻】韵。

2017年3月27日于星城长鑫美树园宅

①杨金云，中学在醴陵六中旧址梓山学校就读，高中被编在第二班，1972年底高中毕业。湘雅医学院临床专业毕业，株洲市第一医院著名心血管科医生，享受国务院特殊津贴的专家。擅长书法和工笔画，株洲市书法家协会会员，爱好歌咏。

〖七绝〗

樱花灿烂开

庭院樱花灿烂开，
树头粉蝶袅娜来。
迎春麻雀喳喳叫，
景色娇娆醉发呆。

首句仄起平收式，上平声【十灰】韵。

2017 年 4 月 6 日上午于星城侯家塘宅

赠星城二十九中同事彭湃[1]先生

〖七绝〗

先生腹内计谋多，总务先行教学哥。
更敬随和兼仗义，年光数十记心窝。

首句平起平收式，下平声【五歌】韵。

〖七律〗

相处虽然只数秋，关怀扶助感君周[2]。
返迁[3]故里铺平路，安顿箱包化解忧。
次子遭逢升学坎，先生奔跑汗飞流。
为人做事兼而美，引领邹梅[4]有马头[5]！

首句仄起平收式，下平声【十一尤】韵。

2017年4月5日下午拟于星城长鑫美树园宅

①彭湃，长沙市二十九中总务主任。
②周，完备、周到。
③返迁，作者夫妇从醴陵拖家带口调回长沙二十九中任教。
④梅，作者老伴梅家庆。
⑤有马头，成语“马头是瞻”的化语。“马头是瞻”亦作“马首是瞻”，见《现代汉语词典》。“有马头”意“有主将的马引领着前进”。

〖七律〗

理想家风

责任担当乃爱情，
婚姻专一讲忠贞。
为人厚道忠诚路，
做事精心踏实兵。
术有专长名放弃，
心无利欲国争荣。
强身勤奋携妻小，
敬老和谐竖大旌。

首句仄起平收式，下平声【八庚】韵。
首联：爱情婚姻——要担当，专一。
颔联：德行能力——要为人做事并好。
颈联：术业情操——要有专长，舍名利。
尾联：总目标——要强身勤奋，敬老携幼。

2017年3月8日于星城长鑫美树园宅

〖七绝〗

绿叶颂

绿叶丛中一抹红，
阳光雨露本相同。
品名存异原因有，
青翠扶持有大功！

首句仄起平收式，上平声【一东】韵。

2017 年 4 月 14 日上午于星城长鑫美树园宅

〖古风〗

安置房歌

凯通住地兮，
原来叫朝阳。
交通方便兮，
繁华大门窗。
调回星城兮，
单位分配房。
房屋改革兮，
变为自购房。
首批棚改兮，
安置老地方。
昔日脏乱差兮，
心中永难忘。
而今管理规范兮，
社区文明安康。
爱我故乡兮
爱我安置房。
虽为陋室兮，
环境最优良。
世代居住兮，
是我真愿望。
售价再高兮，
绝不与磋商！

古体诗韵第二类平声江阳通用。

2017 年 4 月 18 日于星城长鑫美树园宅

〖七绝〗

祝福醴陵游克尚[1]先生

托请胡君文诲[2]方便时致意

犹记当年新化路，
相怜同病苦寒天。
先生博学祥和命，
恰似神仙享永年[3]。

首句仄起仄收式，下平声【一先】韵。

2017年5月9日上午于星城长鑫美树园宅

①游克尚，醴陵市原农业局技师，政协副主席，新化人，博学，幽默，豁达。1970年冬，游先生从醴陵五七干校返回新化，当时作者正在醴陵五七干校，被指派护送游先生回乡。作者和游先生都患有严重胃病，天寒地冷，一路上作者与游先生互相提醒服药止疼，时值作者父亲也被遣返回乡，与他同病相怜啊！

②胡君文诲，作者醴陵籍同学及同事。

③永年，长寿且健康快乐。

〖五律〗

迎翁君佑龙安顺荣退回乡

翁君佑龙为铁道兵转业军人，三年前奉命到贵州安顺劈山开岭，架桥修路，即将荣退返乡。他能诗善书，花甲将近时编有《心路》一书，叙其平生为人做事诸多心得。吟此相迎。

受命奔安顺，
三年苦战场。
勇夫开岭乐，
智者架桥忙。
黄果飞流泻，
诗书斗志扬。
告休回故里，
心路闪金光。

首句仄起仄收式，下平声【七阳】韵。

2017 年 5 月 1 日于星城长鑫美树园宅

〖七绝〗

读项羽失败的史料

做事功成[1]莫忘形，
做人还是要先铭。
刘邦项羽争雄异，
性格为人显精灵[2]！

首句仄起平收式，下平声【九青】韵。

2017年5月13日于星城长鑫美树园宅

①功成，功业建立了。
②精灵，聪明，机灵。

〖七律〗

蜻蜓[①]自嘲

世间一只无能虫，

学识追求点水[②]功。

风雨时摧轻薄翅，

冰霜常匿病残翁。

①蜻蜓，作者微信昵称。《现代汉语词典》称蜻蜓是捕食蚊子等小飞虫的益虫。

②点水，成语“蜻蜓点水”之简缩，形容学习和做事肤浅不深入。

晴柔挺立荷尖角[①]，
灾祸横来气数终。
无害蜻蜓非有用，
未曾海燕[②]怒涛冲！

首句仄起平收式，上平声【一东】韵。

2017年5月17日下午于返回长鑫宅途中

①荷尖角，见南宋诗人杨万里七言律绝《小池》：“泉眼无声惜细流，树阴照水爱晴柔。小荷才露尖尖角，早有蜻蜓立上头。”
②海燕，见苏联作家高尔基散文诗《海燕》。

〖七律〗

“一带一路”倡议歌

倡议情深绘美篇，
五洲四海路相连。
互通合作齐飞跃，
共进同赢并比肩。
带路引来财气旺，
网圈扩展友朋缘。
和平相处繁荣道，
华夏而今再领先。

首句仄起平收式，下平声【一先】韵。

2017 年 5 月 21 日于星城佳润新城散步时拟

〖七绝〗

晨闻窗外鸟叫

窗外朦胧现曙光，
鸟儿喧闹喜梳妆。
一天之计清晨好，
抖擞精神学鸟忙！

首句仄起平收式，下平声【七阳】韵。

2017年5月28日于长鑫美树园宅

〖七律〗

咏老同事陈扬早晨练书法

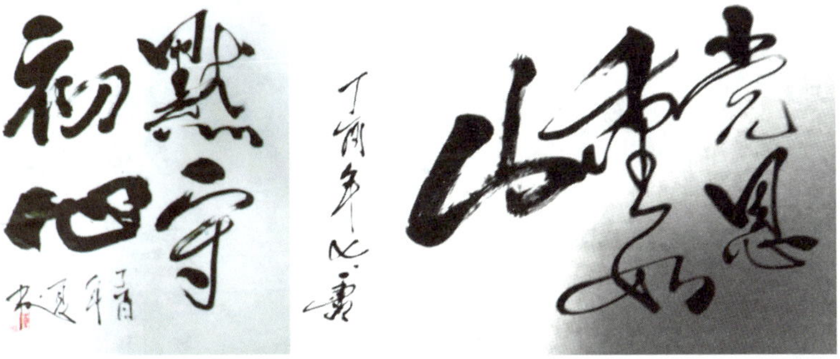

闻鸡起舞挥毫志，创立陈翁书法风。

寒暑春秋情趣好，东西南北兴头隆。

常年沉痼[①]勤耕作，永世童心绘彩虹。

长寿气功[②]谁首冠[③]，请看扬早练书功。

首句平起仄收式，上平声【一东】韵。

2017年6月1日中午于星城长鑫美树园宅

---

①痼，经久难治的病。陈扬早先生多年患严重心脏病，左眼几近失明，且夫人长期卧病需照顾，只能每天早晨抽出个把小时练书法，以调理病情。

②长寿气功，醴陵一中潘先麓老师2017年4月5日给作者的邮件中说：“书法是养生之道，长寿气功啊，值得坚持。”

③首冠，第一。

〖七律〗

赞姚君德文书法

姚君书法新奇色，执着坚持下苦功。
一日一篇勤上网，内容形式避雷同。
板桥既可成一体，帅德也能为二风。
山外青山楼外景，遵循规律往前冲！

首句平起仄收式，上平声【一东】韵。
颈联为本句和对句并拗救。

2017 年 6 月 1 日中午于星城长鑫美树园宅

姚君德文 2017 年 6 月 2 日早晨 7:16 的回复：

吾拥贤师邹克斯，教抚学子长见识；耄耋年限仍关注，学生网友皆佩服；愚者书写未得法，废话连篇上网吧。

〖七绝〗

贺蒋君事成加入诗协

2017 年 6 月 7 日常德大学同窗蒋君事成在群里发布消息，说他新近加入了诗协，并发表了两首诗作《沅水放歌》和《初入诗协有感》，当即吟此为贺。

事成功力众人崇，诗协新增大佬翁。

沅水豪情无止境，夕阳普照洞庭红！

首句平起平收式，上平声【一东】韵。

再读《红楼梦》

闲时再读《红楼梦》，

满眼风光栩栩来。

封建百科展画谱，

诗词歌赋妙花开！

首句平起仄收式，上平声【十灰】韵。

2017 年 6 月 19 日于星城长鑫宅

寄孙女陪伴姐姐小马[①]

仿《红楼梦》曲之五《分骨肉》

伴同孙女耗七年，
闯世面雏鹰磨七年。
久久在牵念。
乍来时，
村野孩童脸，
质朴机灵心气好，
今已建家园。
人生多悔恨，
老朽寄遗言，
祝愿你，
福而健！

散曲，《诗韵新编》：“寒”韵。

2017年6月27日于星城长鑫美树园宅

①小马系作者孙女3至10岁时的陪护人。一个湘西山村女孩，来时不足17岁，作者孙女对其一直以姐姐相称。

〖古风柏梁体〗

岳麓山放歌（和事成君应龙君）

6月上旬事成君和应龙君先后作《沅水放歌》和《长岛求学歌》发布在大学同窗群里，今吟而和之。

麓山陶冶一代人，缆车一登眺星城。
洲上伟人像一尊，山下题写爱晚亭。
师院校舍最钟情，地铁穿越有新景。
江面桥梁七八横，江底隧道两三进。
山水洲城半绿荫，千座公园将建成。
高楼大厦增欣荣，古街深巷保传统。
融合株洲和莲城，地域扩大神仙境。
雷锋故乡多雷锋，多年评为文明城。
五十年前求学景，天翻地覆正道经。
寄言各位同窗君，何时再来麓山行？

【柏梁体】见王力先生《诗词格律》第二章第六节第二条。

2017年7月1日于星城长鑫美树园宅

〖七言古绝〗

题孙女中考前图画《我不管，我最可爱》

我可最爱镇山吼，
乖孙倔强志气豪。
自信加油能如愿，
人生本是征战鏖。

下平声【四豪】韵。

2017 年 7 月 4 日上午拟于长鑫美树园宅

〖七绝〗

喜长沙中考放榜

不思饮食睡难眠，
暴雨连连[①]十五天。
中考抗洪同取胜，
祖孙共庆喜双全。

首句平起平收式，下平声【一先】韵。

2017 年 7 月 4 日下午于长鑫美树园

①暴雨连连，自 6 月 18 日中考结束到 7 月 3 日成绩被公布的 15 天，星城经受了破历史纪录的高强洪灾考验。

〖七绝〗

贺孙儿中考上线

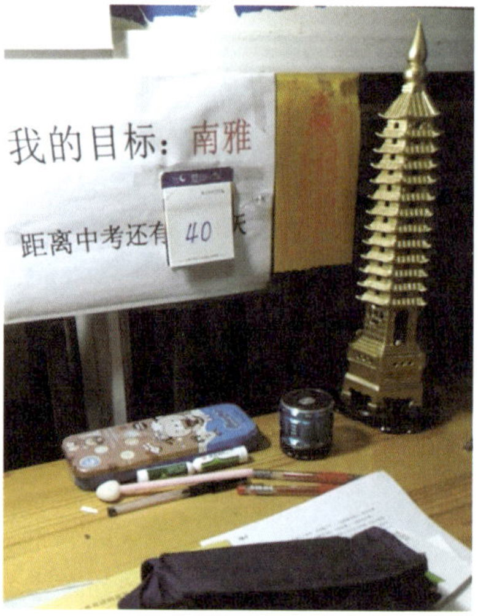

精忠学子展雄心，
父母辛劳教可钦。
寄语爱孙勤是宝，
再加智慧必成金。

首句平起平收式，下平声【十二侵】韵。

2017 年 7 月 5 日于星城长鑫美树园宅

〖七律〗

贺孙女孙儿考上高中

幼孙苦战上高中，奶奶爷爷喜泪蒙。
中考难于高考坎，孩童强对硬拼功。
前程还有崎岖路，胜利仍须勇敢冲。
盼我乖孙更听话，披荆斩棘莫为虫[①]！

①莫为虫，凡“虫”多无能无用，故人不能为“虫”也！

首句平起平收式，上平声【一东】韵，第7句系特殊律句。

2017年7月9日于星城长鑫美树园宅

〖七律〗

赞刘君高山①

奇异高山困苦家，柴冲桑梓慕红霞。
曾经文学孩童梦，最后工科少壮葩。
航院高瞻纳贤士，职称远瞩有升华。
人生璀璨如何得？务实坚忍抱负拿！

首句仄起平收式，下平声【六麻】韵。

2017年8月21日于星城金汇园

---

①刘君高山，刘高山，生于醴陵大障柴冲一个困苦家庭，小时喜好文学，并有志从事文学工作，高中毕业后走南闯北，一边谋生一边追求文学事业。后来在湖南图书馆打工时，经该馆一位贵人指点，自学电器装配维修，获得一门养家糊口的技能，逐渐成为该行业的专家。有了生存技能，有了经济基础，他对文学的追求也有了保障。由于他在电器装配维修方面超群的才能，被湖南航空职业技术学院破格录用为该校员工。我钦佩刘高山同学的灵活务实，坚忍不拔，有抱负、有作为的精神，因有此赞！

〖七律〗

题金汇园东门古樟树影照

古樟四百沧桑岁，让道于君千万元[①]。
单位社区勤看护，粗枝茂叶永扎根。
和谐强盛欢欣景，奋进繁荣幸福园。
人享百年千载树[②]，风光共览酒樽樽[③]！

首句平起仄收式，上平声【十三元】韵。

2017年8月27日清晨于星城金汇园

①千万元，《长沙晚报》2006年7月6日报道因修建新韶山路，移栽400年古樟难以保证其成活，引起社会广泛关注，此事也引起市领导的高度关注，最终敲定古樟树原地不动，加修维护设施，而新韶山路改道修建，政府前后总共花费千万元。
②千载树，在这幸福的园地里，人们安享着百年长寿，古樟也将成为千年古树。
③酒樽樽，人们与古樟树共同观赏盛世风光。幸运啊，让我们为这美好时代，敬上一杯杯美酒！

〖七律〗

酷暑南行归来寄诸君①

离别诸君若许②年，
南行相见梦终圆。
炎天暑地无分隔，
浓意深情有善缘③。
展翅雏鹰天地阔，
招贤佳处面容妍。
求索奋进多珍摄，
好以精忠绘美篇。

首句仄起平收式，下平声【一先】韵。

2017年8月19日凌晨于星城金汇园

---

①诸君，指醴陵六中历届学生。
②若许，许多。
③善缘，泛指好的缘分。

仿孟浩然古绝《春晓》二首

其一 春喜晨鸟

一睡天已晓，春光喜啼鸟。
休问风雨事，陶然烦恼少。

其二 春晓鸟啼

一觉醒来天已晓，风雨已过闻啼鸟。
喜看今朝情和景，高唱赞歌郁闷少。

后记：五言古绝《春晓》：“春眠不觉晓，处处闻啼鸟，夜来风雨声，花落知多少。”这是唐代孟浩然的代表诗作。诗人在第一、二句抓住春天的早晨刚刚醒来时的一瞬间，描绘了一幅绚丽的图景，抒发了赞叹春光的美好心情。诗句短小隽永，妇孺皆知，是儿童启蒙读物中最常见的诗词之一。而在第三、四句诗人却回到昨夜，由赞叹春光转为怨风怨雨，惜花怜木，显得郁闷烦恼。全诗第一、二句与第三、四句情调完全相反，似觉可叹，故仿而作之。

2017年9月15日晨于星城金汇园

〖七言古绝〗

寄廖慕霞女士三首

其一 入院

秋收季节入病房，胡君文诲欲断肠。
相依为命贤伉俪，自信定能迎春光。

其二 治疗

疾病来了莫心慌，心态一半是药方。
生命托付医护人，救助举止有担当。

其三 期盼

巾帼慕霞①最刚强，一家老小君扶将。
出院之后多调理，岳麓聚会②来登岗。

均为下平声【七阳】韵。

2017年9月9日上午与老伴家庆赴省肿瘤医院探视创作

---

①廖慕霞，同窗、同事胡君文诲夫人，曾为邻居。
②岳麓聚会，大学同窗曾相约到岳麓山聚会。

〖七律〗

移居金汇园

闹市遥遥金汇园，繁花绿草醉人魂。
近挨地铁交通站，紧靠三城商业圈。
时伴鸟啼行漫步，偶随云漾看乾坤[1]。
读书写字悠闲地，烦恼忧愁尽数掀。

仄起平收式，上平声【十三元】韵。

2017年9月26日晨

①看乾坤，进城逛街或外出旅游参观。

〖四言古体诗〗

观蒋君事成夫妇《彝陵行》美篇

图文并茂，山河增妍。
恩爱伴侣，情意绵绵。
同窗学友，君最神仙。
久观不舍，盼等续篇。

下平声【一先】韵。

2017 年 10 月 10 日清晨于星城金汇园

〖七绝〗

楼台菜圃之二

寒冬渐近楼台景，
蔬菜欣欣胜过春。
环境不同能适应，
风光四季可纷缤。

首句仄起仄收式，下平声【十一真】韵。

2017 年 10 月 16 日晨于星城金汇园

〖七绝〗

颂野菊花

深秋野菊盛开花，
入药功能并制茶。
无畏风霜观世相，
昂扬斗志惠千家。

首句平起平收式，下平声【六麻】韵。

2017 年 11 月 4 日于星城金汇园

〖七绝〗

学诗体会

学诗梦想未成真，
格律非通是病因。
关键还需有灵感，
讴歌咏叹自来神。

首句平起平收式，上平声【十一真】韵，第三句为特定格式。

2017年10月22日夜于星城长金汇园

〖七绝〗

题省国税局大厅前雄狮雕像

百年沉睡美雄狮，
崛起昂头魔怪痴。
体壮身强威力大，
金星火眼世无欺。

首句平起平收式，上平声【四支】韵。

2017 年 11 月 5 日于星城金汇园

〖词〗

蝶恋花·再游醴陵梓山学校

再次魂牵游故地。朵朵花开，学校风光媚。旧貌新颜待人炽。弘扬赤子书生志。

高竖南乡旗一帜[①]。专业忠诚，历任园丁意。荡漾花丛如酒醉。鄙夫过后深惭愧。

词韵：《词林正韵》第三部去声【四寘】。

2017年11月10日于星城金汇园

①旗一帜，该校已成为醴陵南乡的一面旗帜。

〖七绝〗

暮年学写颜体正楷

行草原从楷法来，不分本末我痴呆。
暮年识得真卿体，刻苦临摹早应该。

首句仄起平收式，上平声【十灰】韵。

2017 年 12 月 1 日于星城金汇园

赞曹君建中[①]系列国画

画猫山水鸟鱼虾，纸上丰盈飨大家。
别有洞天[②]新趣味，绘声绘色晚晴葩。

首句平起平收式，下平声【六麻】韵。

2017 年 12 月 4 日上午于星城金汇园

---

①曹建中，作者长沙市八中同事，爱好器乐、绘画。

②别有洞天，2017 年 11 月 20 日曹建中在微信朋友圈自注：“昨天发了猫系列国画，题为《抓不住老鼠的猫也是好猫》。今天发的鱼虾系列题为《自由自在，别有洞天》。”

〖古风柏梁体〗

大障醴陵六中[①]歌

大障新陂马尾坡，醴陵六中苦乐歌。
四面黄土处山窝，荒无人烟鬼怪多。
区委决定很分明，迁建该处有深情：
战时用它做兵营，平日靠它育精英。
苏区大障领头鹰，革命精神要传承。
办学就在刚开建，课堂工地同时兼。
全是高中学两年，师范农业班相连。
师生教学条件苦，无电无水无睡眠。
泥塘污水难解渴，煤油灯下做功课。
师生同游知识河，粗茶淡饭心里乐。
县府不能给足钱，还有重点要优先。
七二建到八二年，十年不见校健全。
屋檐底下现野鸡，临时操场奔獐麂。
教学设备很不齐，纸上黑板开机器。
有时基建很紧急，师生常常搞突击。
缺了功课心没底，争分夺秒搞补习。
靠边书记曾卓湘，带领师生艰难干。

晚年在此流血汗，坚贞精神永难忘。
艰苦奋斗代代传，苦中教学滋味甜。
半工半读人磨炼，硕果累累师生欢。
毕业学生好几千，东南西北神州天。
各行各业各战线，都有六中好学员。
道德业务都争先，贤人能士一大片。
大障学区各校园，更是他们在撑天。
捷报传到各家园，父老乡亲喜泪涟。
学校办到世纪初，撤销只办初中部。
下放大障乡管督，醴陵六中从此无。
大障无有高学府，时人一阵心苦楚。
莘莘学子情高贵，常在他处搞聚会。
当年苦乐深回味，而今都成先锋队。
忆往昔青春无悔，看未来满眼光辉。
诚哉醴陵六中美，苦乐精神育瑰玮②！

每句7字，共64句，448字，采用“中华新韵”。

2017年12月6日上午十时于星城金汇园

---

①大障醴陵六中，于1971年冬开建，只办高中班、师范班和农业班，至1982年我调离时34个班次，1997年撤销时66个班次，毕业人数超过3200人。该校旧址在梓山，现为梓山学校（小学）。
②瑰玮，谓人品、才干卓越。

附：翁佑龙的和诗

咏《大障醴陵六中歌》

六中坐落马鬼坡，四面黄土荒凉窝。
当年苦乐常回味，今诵先生动地歌。

（约 2017 年 12 月 18 日）

〖七绝〗

赞杨君金云捐资梓山学校图书馆

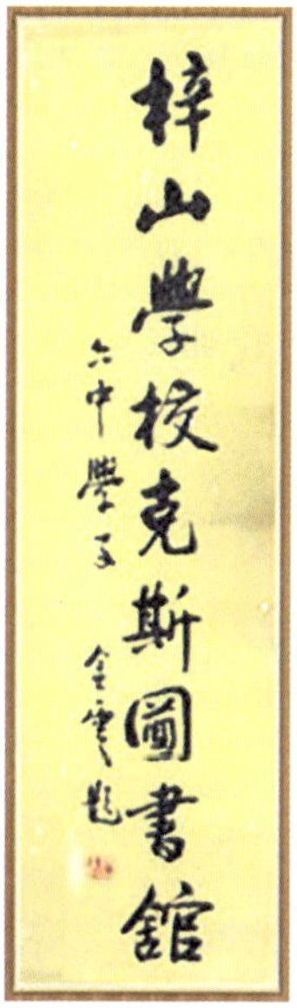

捐资两万匾名冠，

偏远山区学校欢。

感谢金云情切切，

羞惭老朽誉无端。

首句平起平收式，上平声【十四寒】韵。

2018 年 1 月 21 日凌晨于星城金汇园

附：与杨金云的微信对话

（一）杨 2018 年 1 月 18 日周四，晚上 10:15：

邹老师，您好！我已将两万元人民币汇至梓山学校用于创办图书馆。同时将梓山学校克斯图书馆的字写好了，请老师指导。

（二）作者 2018 年 1 月 20 日上午 10:04：

哎呀，你不要这样抬举我，羞煞我也！

〖七律〗

赞杨君坚强[1]草书创作

农家冲里掌门杨，酷爱挥毫草体长。
雨骤风狂笔端溢，龙飞凤舞纸中藏。
频频网上传精品，个个亲朋点赞忙。
书法擂台人众众，民间高手有坚强。

首句平起平收式，下平声【七阳】韵。 第三句为特定格式。

2018 年 1 月 21 日下午于星城金汇园

---

①杨坚强，醴陵六中高八班学生，在醴陵教师岗位退休后转至广州经营餐饮。

〖七绝〗

谢徐君建中[①]冰雪礼仪情

天寒地冻起冰凌，
赴宴瓷城[②]我折腾。
反复远程来看望，
顶风冒雪礼彬彬。

首句平起平收式，上平声【十蒸】韵。

2018年1月28日夜于瓷城

①徐建中，醴陵六中高二班学生，株洲商业系统退休干部。
②瓷城，醴陵的别称。

〖七绝〗

楼台菜圃之三

冰天雪地平常事，
冬菜昂然喜报春。
纵令楼台能种植，
风光全靠有心人。

平起仄收式，上平声【十一真】韵。

2018 年 2 月 11 日于星城金汇园

〖七绝〗

戊戌元日吟咏

雄鸡①高唱开天岁，
神犬②欢奔辟地年。
筑梦路途新气象，
九州万众共扬鞭。

首句平起仄收式，上平声【一先】韵。

2018 年 2 月 17 日（正月初二）于星城金汇园

①雄鸡，2017 年是鸡年。
②神犬，2018 年是狗（犬）年。

〖七绝〗

题翁君佑龙伉俪登天华台①照

登上华台千古秀，欣逢天下万民欢。

风光尽览添豪气，筑梦途中②勇克难！

首句仄起仄收式，上平声【十四寒】韵。

2020 年农历正月十二日于星城金汇园

---

①天华台，在醴陵明月乡境内。传闻太平天国曾在此驻军，抗战时期此地曾设防空报警台。今建有雄壮庙宇，门侧有对联一副："华台千古秀，天下万民欢。"

②筑梦途中，翁君佑龙去年夏季在单位退休后，受邀留用四川成昆高铁指挥部，戊戌年正月初二他夫妇游览天华台留下此照后，即踏上了返回工作岗位的旅途。

〖七绝〗

题谢君云里[1]珍珠婚照

酸甜苦辣共衷肠，欢庆珍珠婚理当。
遥寄羊城贤伉俪，百年奋进美鸳鸯。

首句平起平收式，下平声【七阳】韵。

2018年2月27日清晨于星城金汇园

①谢云里，醴陵六中1979年高中毕业生，部队转业后在广州政府工作。

〖七律〗

又闻布谷鸟声

久未闻听布谷声，声声催促快春耕。
旧居山水人难见，陋巷尘埃鸟不鸣。
花木再迎勤谢豹[①]，蓝天又瞰美星城。
治污有效遵条令[②]，玉宇澄清万物荣。

首句仄起平收式，下平声【八庚】韵。

2018年3月2日于星城长鑫美树园

①谢豹，布谷鸟的别称。春夏时期，它的叫声是四声一度——“布谷布谷，布谷布谷”，好似“快快播谷，快快播谷”，所以俗称布谷鸟。
②遵条令，指《长沙市人民政府关于全面防治大气污染的通告〔2018年5号〕》。

〖七绝〗

再颂野菊花

戏用唐代元稹《菊花》[①]韵

平生偏爱菊秋花，挖取移栽到我家。
细究贫寒君处世，如何凛冽不身斜。

首句平起平收式，下平声【六麻】。

2018年3月9日晚于星城金汇园

①元稹《菊花》，原诗为“秋丛绕舍似陶家，遍绕篱边日渐斜。不是花中偏爱菊，此花开尽更无花。”不可否认元稹的诗很吸引人，但元稹《菊花》一诗作者以为有缺憾之处。28字中有两个“绕”，三个“花”，重叠也！而且明明是偏爱菊花独耐严霜，“此花开尽更无花”，应该说“只在花中偏爱菊”！此诗收录在长江少年儿童出版社2015年12月版《学前手册》一书中，而商务出版社2017年10月第一版《唐诗鉴赏辞典》并未收录此诗，故戏而用其韵。

〖七绝〗

戊戌清明节步韵陈扬早老师书

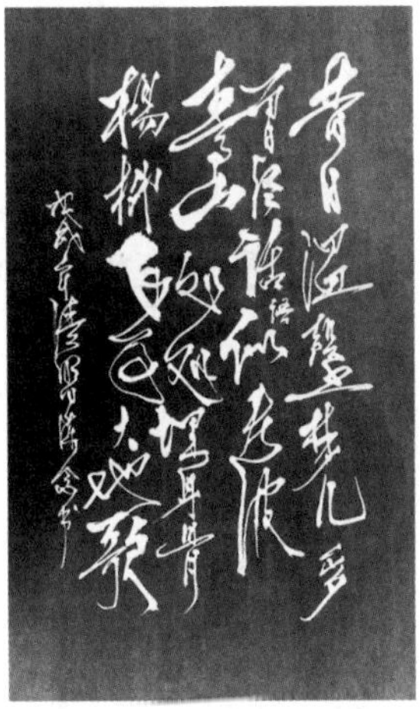

崇敬先人梦想多，清明祭扫泪奔波。
而今墓地青山美，天上人间唱赞歌。

2018年4月5日于星城金汇园

附：陈扬早老师书

昔日温馨梦几多，曾经话语似春波。
青山处处埋身骨，杨柳飞舞大地歌。

首句仄起平收式，下平声【五歌】韵。

〖七律〗

收看周君训凡[1]京胡演奏《夜沉沉》视频

宽厚真诚快乐心，
京胡神奏《夜沉沉》。
永州文化成头领，
京剧同盟协主任。
在位精忠功德美，
退休潇洒友情深。
忘怀恩怨轻名利，
美酒三杯敬雅音。

首句仄起平收式，下平声【十二侵】韵。

2018 年 4 月 21 日清晨于星城金汇园

①周训凡，大学同窗，祁东县人，永州市文化局原局长，擅器乐，爱歌咏，退后任永州市京剧协会主任。

〖七律〗

金汇园春光赞

2018年4月23日晨在金汇园散步，春和景明，见山坡枇杷、雪梨、樱桃已结果，玫瑰花遍地开放，杜鹃花喜迎朝阳，有诗为赞。

枇杷梨子樱桃果，
四月山坡满树昂。
玫朵花红开笑脸，
杜鹃貌美映朝阳。
主人荡漾和谐地，
宾客徜徉快乐庄。
春色满园和风暖，
神州缩影享安康。

首句平起仄收式，下平声【七杨】韵。【玫朵】代“玫瑰”。

〖词〗

沁园春·和周君训凡

2006年9月22日大学同学在长沙聚会，同班同寝室的周君训凡作《沁园春》谆谆寄语，十二年后，感念和之。

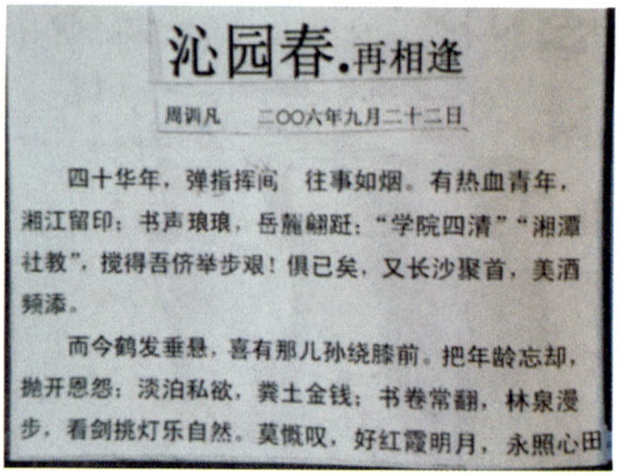
沁园春.再相逢

周训凡　二〇〇六年九月二十二日

四十华年，弹指挥间　往事如烟。有热血青年，湘江留印：书声琅琅，岳麓翩跹；“学院四清”“湘潭社教”，搅得吾侪举步艰！俱已矣，又长沙聚首，美酒频添。

而今鹤发垂悬，喜有那儿孙绕膝前。把年龄忘却，抛开恩怨；淡泊私欲，粪土金钱；书卷常翻，林泉漫步，看剑挑灯乐自然。莫慨叹，好红霞明月，永照心田

聚后春光，明月红霞，伴我向前。有谆谆寄语：年龄忘却，常翻书卷，抛弃前嫌，看剑挑灯，林泉漫步，借以悠闲度晚年。常感慨，幸周君忠厚，恳切词篇。

当今敬老尊贤，喜垂暮无忧神似仙。看同窗各位，群聊垂钓，旅游保健，样样超前。衣食丰盈，精神饱满，惬意安宁赋美篇。心里话，赞诸君耄耋，旭日娇妍！

词韵：《词林正韵》第七部【寒删】平声。

2018年4月28日清晨记于星城金汇园

〖七律〗

自勉

步鲁迅《自嘲》韵

昏沉耄耋欲何求，
病弱蹒跚快到头。
崇尚诗词扬正气，
厌烦牌赌聚同流。
时常阅读观时事，
不断临池做蠢牛。
回味人生无欠缺，
晚年奋进写春秋①。

首句平起平收式，下平声【十一尤】韵。

①奋进写春秋，鲁迅生活在专制黑暗的社会，只能“破帽遮颜过闹市，漏船载酒泛中流”，所以他自嘲。而今我虽然老了，但生活在幸福的新时代，应该自勉奋进，写出新的美好历史篇章。

〖七绝〗

题网上图片三首

其一 题杨君坚强回乡图

瓷城赤子他乡客，赞叹勤劳故里人。
苍翠山峦江水绿，登高放眼美清晨！

首句平起仄收式，下平声【十一真】韵。

附：杨坚强的图片说明

雨后清晨登临高处，随手拍下几张醴陵城景。绕城的母亲河水清波细，城周起伏的山峦，苍翠欲滴。早起勤劳的醴陵人，让街道显得熙熙攘攘。醴陵山水，人勤夏旺啊！

其二 题巫君俊武[1]夏日华宅庭院图

巫俊武的图片说明：石榴红，枇杷绿，葡萄翠枝蔓，立夏端头春满家园。

石榴庭院倍鲜妍，葡果[2]枇杷翠绿悬。

立夏春归结丰果，雅情培植是高贤。

首句平起平收式，下平声【一先】韵。

---

①巫俊武，醴陵六中学生，常年在星城外企工作。

②葡果，代葡萄。

其三 题晓毅[1]夫妇《夜上海》图

晓毅的图片说明：住在儿子家，携孙女夜游大上海。

霓虹灯下俩天仙，陪伴乖孙游梦圆。
上海风光都市夜，张张图片美诗篇！

首句平起平收式，下平声【一先】韵。

2018 年 5 月 7 日于星城金汇园

①晓毅，老伴的堂妹，徐州人，其子定居上海。

〖七绝〗

咏楼台菜圃

凌空垒土菜蔬园，
早晚辛勤培育虔。
未得秧苗接地气，
楼台种植也鲜妍①。

首句平起平收式，下平声【一先】韵，首句邻韵，上平声【十三园】。

2018年5月13日下午于星城金汇园

①楼台种植也鲜妍，此句歌咏“人定胜天”。

〖七绝〗

俄罗斯归来三首

其一 蹒跚归来

春风送我去游俄，
昔日苏联理想歌。
纵使残年身病笃，
蹒跚一转可吟哦。

首句平起平收式，下平声【五歌】韵。

翻译蛋

其二 译蛋交流

年少曾修外语俄，
此行言语费融和。
当年倘若工夫够，
何必而今译蛋哥[①]！

首句仄起平收式，下平声【五歌】韵。

---

①译蛋哥，即翻译机。

其三 闲看风云

苏联瓦解转新俄，
世道沧桑悲壮歌。
历史风云闲看待，
复兴华夏莫蹉跎！

首句平起平收式，下平声【五歌】韵。

2018年5月26日于星城金汇园

〖七绝〗

三颂野菊花

顽强坚忍菊秋花，
任意移栽不定家。
灿烂笑容迎酷暑，
果然凛冽未身斜[1]。

首句平起平收式，下平声【六麻】韵。

---

①未身斜，见本诗集七言律绝《再颂野菊花》。

〖七绝〗

徜徉金汇园

步唐·杜牧《山行》①韵

漫步青山石径斜，
竹林深处有余家。
徜徉金汇园中景，
幸福文明遍地花。

首句仄起平收式，下平声【六麻】韵。

2017年6月8日于星城金汇园

①杜牧《山行》：远上寒山石径斜，白云生处有人家。停车坐爱枫林晚，霜叶红于二月花。

〖七言律绝〗

哀痛岳叔梅树淇逝世三周年

三年岁月泪汪汪，
身教言传永不忘。
梦里徐州总相见[①]，
哀歌遥寄到天堂！

首句平起平收式，上平声【七阳】。

2018年6月15日于星城金汇园

①徐州总相见，梅树淇在新中国成立后定居徐州，后辈每次去看望他，总是谆谆教诲，言传身教。

〖七绝〗

金汇园梨树林

仲夏青梨挂满枝，
秋来方可味滋滋。
公家财物须监管，
随意摘收是自私。

首句仄起平收式，上平声【四支】韵。

2018年6月19日于星城金汇园

〖七言律绝〗

为湖南高考满分作文卷名言[1]喝彩

历史层层是过程，
回看以往正名声。
老夫欣喜今春景[2]，
更爱新松在长成！

首句仄起平收式，下平声【八庚】韵。

2018年6月28日晚于星城金汇园

---

① 2018年湖南高考作文满分卷名言：请你记住，历史是层叠的过程，当我们注视当下时，必须给予过往的时代以应有的尊重。因为，我们所拥有的一切，是时代巨变的结果，更是前一代人拼搏打下的基础。

②今春景，党的十九大以来的大好形势。

〖七言古体诗〗

荷塘野老歌

攸县有个皇图岭，笔增村里荷叶塘[①]，
荷花绿叶映农舍，是我老家永难忘。
荷花娇艳蜻蜓[②]迷，本应幸福却遭殃。
幼时父母闹婚变，昏天黑地无阳光。
随母下堂单亲儿，寄人篱下受屈辱。
有娘无爹无温饱，身心无靠好孤独。
父亲遭遇也凄凉，婚姻不当万般苦。
伯伯姑姑无心管，爷爷去世奶奶衰，
荷塘儿孙野小子，漂泊在外命运哀。

外婆家里曾上学，单亲小子无兴致。
不知笔墨如何用，不知读书为何事。
衡阳城郊捡破烂，常与叫花斗凶狠。
株洲住地种瓜菜，淘粪浇水成忙人。
家务一堆带弟妹，疲惫辛劳时困顿。

①荷叶塘，参见本诗词集《四字句祭祖韵文》。
②蜻蜓，作者社交软件昵称。

来到长沙衣食足，学业不佳心迷蒙。
各级学校虽闯入，水平顶多是初中。
文墨学识浮而浅，全是蜻蜓点水功！

可怜母亲身世苦，虽然聪慧很不幸。
感念母亲长呵护，艰难坎坷学人品。
幸而长成存“四有”，未能堕落成罪人。
为人处世有担当，见好能有进取心。
办事能有坚韧性，待人不忘有良心。
实诚无私能友善，结交求助得信任。
虽然智商是中下，人生路上永前进。

父母婚变伤害重，自小心灵无栖息。
婚姻原本是责任①，深深根植我心底。
遇到生命另一半，坚贞专一两相依。
父亲名字叫责任②，我也深深记心底。

---

①婚姻原本是责任，有句话叫作“爱情就是责任”，见甘肃省期刊《读者》，是一个体育明星说的，也是我教给两个儿子择偶的标准。2015 年 5 月 7 日央视 4 台专栏《大陆配偶在台湾生存调查》有句话说“婚姻的宗旨就是互相尊重，互相支持”，异曲同工。

②父亲名字叫责任，杂志《知音》2005 年第 14 期 P14《四岁儿童绘画揪真凶》结尾说：“悲剧再一次告诉我们，作为婚姻中的人，应该时刻铭记父母的名字叫责任！”

两个儿子似乃翁，长大成人重情义。
孙女孙子正求学，强似当年我迷离。
三代同堂天伦乐，和睦孝顺心如意。

飘来荡去一蜻蜓，倏忽年岁近八十。
荷塘小子成野老，儿童相见不相识。
腿脚疼痛走不动，两眼昏花脑呆痴。
离乡背井苦难深，四处浪荡谁人知。
只想大声哭一场，又怕妻儿也悲啼。

告慰父老各乡亲，人生本是一经历。
心酸艰难人都有，各人都应善处理。
和同命运者比较，我还算是能争气。
与同龄人相比较，我也算是有福气。
该做到的我已做，该有的我也已有。
该报答的我已报，无能蜻蜓无内疚。
只是老家生活短，落得心中尽乡愁。
人生如戏临终头，魂牵梦绕长相思。
荷塘野老身病弱，今日献上谢幕词：
祝福老家荷叶塘，人丁兴旺幸福长！

2018年8月4日于星城金汇园

〖七绝〗

题梅晓刚[①]外孙女观瞻炮阵影照

幼童孙女爱武装，炮阵观瞻意气昂。
欣喜梅家传壮志，伟人诗[②]作更光芒。

首句平起平收式，下平声【七阳】韵。

2018 年 8 月 8 日下午拟于金汇园

①梅晓刚，老伴堂弟。

②伟人诗作，毛主席七言律绝《为女民兵题照》有：“中华儿女多奇志，不爱红装爱武装”。

〖古风〗

聚会永州词

大学同窗 2018 年 10 月 22 日至 26 日永州聚会，东道主周君训凡久久真诚相邀。归而有此作。

秋已过，迎霜降，
永州聚会爽。
本约定，去秋凉，
昭山[①]看朝阳，
有缘故，聚会成泡汤。
今日里，圆梦想，
踊跃来探访！
训夫子，实诚郎，
东道久盼望！
展才艺，奏京腔，

①昭山，位于湘潭市湘江边。

学友同欢唱。
游景点，叙过往，
传统文化扬！
情深深，意长长，
明日长相望。
都已是，眼珠黄，
耄耋须发苍。
从今后，多保养，
心态乃为上！
脑常用，少癫狂，
运动要适当。
你我他，比健康，
笑对红夕阳。
再聚首，同举觞，
相逢话衷肠！

2020 年 10 月 30 日于星城金汇园

〖七绝〗

消暑

戊戌年少有的酷暑，央视报道长沙自 7 月 14 日起已连续 31 天 36 度以上，炎热难耐。

高温持续火骄阳，
迈进书房读报章。
只借空调驱酷暑，
何如淡定保安康。

首句平起平收式，下平声【七阳】韵。

2018 年 8 月 29 日于星城农大宅

〖七绝〗

咏秋荷之一

荷塘萧瑟独开花，
迎送风霜映彩霞。
留下高昂仙骨影，
来春再醉万千家。

首句平起平收式，下平声【六麻】韵。

2018 年 9 月 1 日于星城金汇园

〖七绝〗

咏秋荷之二

秋色荷塘独秀花，
污泥根底未沾瑕。
迎风展现英姿貌，
素养非凡个个夸。

首句平起平收式，下平声【六麻】韵。

2018 年 9 月 3 日于星城金汇园

〖七绝〗

咏垃圾分类

垃圾分类讲文明，
废物回收财富盈。
些小行为从我起，
宜居环保绿星城。

首句平起平收式，下平声【八庚】韵。

2018 年 9 月 4 日于星城金汇园

〖五绝〗

永州聚会

回首青春路，同歌学友情。
永州来聚会，感谢训凡兄。

首句仄起仄收式，下平声【八庚】韵。

2018年9月11日下午于星城金汇园

〖七绝〗

地铁剪辑之一

赞女童晨读

乘客人人看手机，女童一个独新奇。
翻出课本认真读，珍惜光阴树红旗！

首句仄起平收式，上平声【四支】韵。

〖七律〗

国庆满院桂树香

适逢国庆旅游忙，
满院芬芳桂树昂。
人海人山奔景点，
车流车堵[1]耗时光。
老夫病弱难开步，
双眼昏花喜品香。
留守自家名胜地，
徜徉陶醉也欢狂！

首句平起平收式，下平声【七阳】韵。

2018 年 10 月 3 日于星城金汇园

①堵，墙之意，“车堵”即“车墙”。

〖七绝〗

步何君寅初[①]《感怀病老》韵慰之

四十年间[②]事店东[③]，
鞠躬尽瘁未求功。
而今病老情如故，
钦敬担当孙悟空[④]！

首句仄起平收式，上平声【一东】韵。

2018 年 10 月 8 日于星城金汇园

①何寅初，大学同窗，衡阳县人，初从事中等教育事业，后在衡阳市农机管理局局长岗位退休，退休后长期疾患缠身。
②四十年间，作者那代男性工龄一般近 40 年。
③店东，代指单位，“事”，工作。
④孙悟空，中国名著《西游记》中主角之一，聪明机灵，顽强，正义，忠诚，有惊人的担当。

附：何君寅初的原作

三十年前祁水东，
为人作嫁建绵功。
如今老矣谁怜我？
鬓发飞霜万事空。

〖七绝〗

楼台冬菜

楼台冬菜俏寒凉，
春夏秋冬大换装。
寸土盆栽新天地，
老来耕作倍荣光。

首句平起平收式，下平声【七阳】韵。

2018 年 10 月 16 日于星城金汇园

〖七言古绝〗

又逢重阳

今日又逢节重阳，
遍野黄花着新装。
亲朋戚友老年族，
争相赞赏道安康。

下平声【七阳】韵。

2018年10月7日于星城金汇园

〖七绝〗

四颂野菊花

天上群星野菊花，
三番四次撰诗夸。
寒霜艳丽无忧虑，
浩气凛然一奇葩。

首句仄起平收式，下平声【六麻】韵。

2018 年 10 月 31 日于星城金汇园

〖七律〗

金汇园林荫道

风景多娇人若仙，林荫阡陌美诗篇。
朝攀幽径闻啼鸟，夕遛弯坡漏月圈。
春赏路边新竹嫩，冬观山顶老梅妍。
年年岁岁闲云荡，惬意安然我抚弦。

首句仄起平收式，下平声【一先】韵。

2018 年 11 月 2 日于星城金汇园

〖七律〗

金汇园保洁员

美好心灵保洁员，
垃圾清扫写佳篇。
秋冬春夏无停歇，
脏臭繁杂不计钱。
业主宜居人满意，
浑身难受自加鞭。
英雄模范讴歌谱，
最亮音符君有缘！

首句仄起平收式，下平声【一先】韵。

2018年11月9日于星城金汇园

〖七绝〗

五颂野菊花①

步南宋叶绍翁《游园不值》②韵，赞金汇园山顶野菊花。

水泥基脚地无苔，寒意潇潇花独开。
绿色铁栏关不住，多枝野菊出墙来！

首句平起平收式，上平声【十灰】韵。

2018年11月11日于星城金汇园

①野菊花，野菊花为菊科多年生草本植物，和菊花是近缘植物。它们的区别在于生长环境不同。菊花均系栽培物，野菊花为野生，多长于路边、丘陵、荒地、山坡等，生命力强，我国大部分地区均有分布。每年9～11月是野菊花盛开的时期。

②南宋叶绍翁《游园不值》：应怜屐齿印苍苔，小扣柴扉久不开。满园春色关不住，一枝红杏出墙来。

〖七言古绝〗

读李玲①学姐《四十而丽》

今日女报是先锋，
改革开放建丰功。
总编李玲娇骄女，
四十而丽展雄风。

上平声【一东】韵，首句邻韵上平声【二冬】。

2018 年 11 月 12 日于星城金汇园

①李玲，大学同窗，长沙人，湖南《今日女报》原总编。

〖七绝〗

红枫[1]颂

满园霜叶显神功，
面对寒凉一片红。
万户千家同景象，
九州兴盛唱东风[2]。

首句平起仄收式，上平声【一东】韵。

2018 年 11 月 22 日于星城金汇园

①红枫，一种珍贵的观叶树种。耐阴、耐寒，秋季在阳光照耀下，在众多绿色植物陪衬下，万绿丛中一片红，让人陶醉，怡然自得。

②唱东风，有“东风压倒西风”之说，形容正义战胜邪恶。“唱东风”就是欢乐地歌唱祖国的大好形势。

〖古风〗

题冬凤妹长铁一中校庆60周年影照

四十年前一小丫，下乡知青离开家。
农村锻炼两年后，招工铁路回长沙。
勤谨精专倍慈善，干到退休戴红花。
而今晚晴当奶奶，常把母校心底夸！

下平声【六麻】韵。

2018年12月1日于星城金汇园

〖七律〗

园丁颂

弯腰曲背一园丁[1]，
花木栽培心意倾[2]。
高矮细粗同茂盛，
浅深浓淡共峥嵘。
施肥浇水时时绕，
拔草除虫刻刻萦[3]。
催得神州春色美，
无私奉献永忠诚[4]。

平起平收式，下平声【八庚】韵。

2018 年 12 月 5 日于星城金汇园

①园丁，从事园艺工作的人，比喻教师。
②倾，倾注。
③绕、萦，围绕，萦绕。
④永忠诚，伟人曾有“忠诚党的教育事业”题词，勉励教育工作者。

〖七律〗

改革开放四十年

内陆腾飞省会星，创新开放获高评。

运输网线铺天地，数据智能建阵营。

区域扩增人口旺，全盘绿化面容精[①]。

民生经济提升快，黑马长沙幸福城。

首句仄起平收式，下平声【八庚】韵，首句邻韵下平声【九青】。

2018 年 12 月 11 日于星城金汇园

〖七绝〗

练习书法

老来调护倍艰深，难免痴呆将面临。

大脑莫闲多运动，时操书法健身心。

首句平起平收式，下平声【十二侵】韵。

2018 年 12 月 13 日于金汇园

①精，精致，美好。

〖七绝〗

读贺清龙[①]悼念二月河博文

二月河君荐巨书[②]，
埋头再著史编无[③]。
缘同骨肉文情意，
似见清龙洒泪珠。

首句仄起平收式，上平声【七虞】韵，首句临韵上平声【六鱼】。

2018 年 12 月 22 日下午于星城金汇园

---

①贺清龙，醴陵六中初 25 班、高 5 班学生，高中毕业务农两年后从军，转业后为中纪委监察部专员，中国作家协会和书法家协会会员，华中师范大学客座教授。

②二月河君荐巨书，指二月河发表评论文章，力荐贺清龙的三本著作《中国历史十大惩腐精英》《中国历史十大清官》《中国历史十大贪官》。

③再著史编无，指在二月河鼓劲下，贺清龙开始撰写《中国监察通鉴》。中国历史上除司马光有一部《资治通鉴》之外，再无一部书称为“通鉴”，所以说“史编无”。

〖七绝〗

回乡祭祖

故里遥遥来祭祖，
晚年最重是乡愁[①]。
墓前告慰先人苦：
华夏腾飞美景讴！

首句仄起仄收式，下平声【十一尤】韵。

2018年12月24日于老家荷叶塘

①乡愁，深切思念家乡的忧伤心情。

〖七绝〗

题次子黄花机场东方日出照

朝阳喷薄映东方，
进港雄鹰再起航。
华夏复兴人有责，
机场工作倍荣光！

首句平起平收式，下平声【七阳】韵。

2018 年 12 月 17 日于星城金汇园

〖七绝〗

瑞雪

晨起开门大雪天，
飘飘洒洒满园田。
欢声笑语神州景，
瑞雪丰收喜兆年！

首句仄起平收式，下平声【一先】韵。

2018 年 12 月 30 日于星城金汇园

附：翁君佑龙和《瑞雪》诗：

南国白沙二九天，
鹅毛瑞雪舞园田。
三湘四水飞欢笑，
更喜诗人咏盛年。

2018 年 12 月 30 日下午

〖七绝〗

物业人员铲雪

天寒地冻战歌扬，
物业人员铲雪忙。
清扫家门前进路，
直通胜利创辉煌！

首句平起平收式，下平声【七阳】韵。

2018 年 12 月 30 日下午于星城金汇园

〖七律〗

重游衡阳广东路旧居

旧时衡阳破房和茅坑

而今衡阳广东路火车站

垂暮重游叹雁城[①]，天翻地覆气恢宏。
火车站口原樟树，群鸟枝头欢唱声。
过去茅坑飘恶臭，而今商铺现峥嵘。
儿时旧景难忘却，故地新颜热泪盈！

首句仄起平收式，下平声【八庚】韵。忘：古阳平声，未拗。

2019 年 1 月 15 日于星城金汇园

①雁城，衡阳的别称。

附：何君寅初和《重游衡阳广东路旧居》

故地重游感慨多，旧颜已逐东逝波。

琼楼广厦连天宇，改革潮头奏凯歌。

何寅初于 2019 年元月 18 日

学雷锋对联一副

2019 年 1 月 29 日在地铁车厢内，看到一条文明宣传标语，试改成对联：

原宣传标语

传承雷锋精神，（平平平平平平）

打造道德高地。（仄仄仄仄平仄）

注：“德”古为仄声。

对联如下：

出句：打造雷锋圣地，（仄仄平平仄仄）

对句：传承道德精神。（平平仄仄平平）

（1）将语序调换一下，符合对句最后一字必须是韵脚，必须是平声的要求。

（2）将“高”改为“圣”，每句平仄互为交替，出句和对句的平仄互为对应，符合格律要求，语音节奏也顺当了。

〖七绝〗

喷泉二首

其一 新建喷泉

园区新建大喷泉，花木娇娆空气鲜。
笑语欢歌美庭院，山青水绿艳阳天！

其二 喷泉迎春

迎春喜有大喷泉，业主欢欣景色鲜。
水绿山青醉宾客，欢歌笑语贺新年！

均为首句平起平收式，下平声【一先】韵，第三句为特殊句式。

戊戌腊月廿七于星城金汇园

对联《同学群》

上联：世间为友同求学，

下联：网上成群共叙情。

横批：同学之群

〖顺口溜〗

谢物业

正月初二夜九时，管道爆裂人不知。

冷热用水陆续停，全院业主多发急。

物业上下齐出动，问题解决很彻底。

饮用水源没断供，继续过节众欢喜。

今日写下语数句，谨向物业表谢意！

己亥年正月初三（2019年2月7日）于星城金汇园

〖七绝〗

读岳姑妈病房心语感言

西安 95 岁高龄的岳姑妈，出院后书写了一幅字感谢家人。

儿女贤孙孝道人，寒冬难耐病房春。
亲情骨肉神奇药，再写心声谢苦辛①。

首句仄起平收式，上平声【十一真】韵。

2019 年 2 月 10 日下午于星城金汇园

---

①苦辛，即辛苦。

〖七绝〗

悼念岳姑妈

经历寒冬沐浴春，
善良慈爱教坛人。
子孙后代悲情送，
驾鹤西归道苦辛。

2019 年 2 月 12 日下午于星城金汇园

〖词〗

和《采桑子》《如梦令》共三首谢何君寅初

何君寅初2019年2月22日微信发来旧作《采桑子》《如梦令》三首示我，谨和三首致谢。

其一 采桑子·雁城即景南湖公园

何君美意新春寄，旧作飘香，惹我心狂，点水蜻蜓赞未央。
呼妻唤子同欣赏，吟唱芬芳，家宴飞觞，遥祝相知共夕阳！

其二 如梦令·雁城即景岳屏公园之一

难忘雁城如镜，照我幼年迎送。拾破烂充饥，漂荡单亲无凤。如梦，如梦，凄苦悲凉重重！

其三 如梦令·雁城即景岳屏公园之二

新社会晨曦现，民众盛行拳剑。岁月美如歌，常在公园操练。如燕，如燕，年老心宽身健！

2019年2月28日于星城金汇园

附：（一）何寅初《采桑子·雁城即景南湖公园》

南湖雨后风荷举，菡萏飘香，蝶乱蜂狂，戏水蜻蜓乐未央。呼朋结伴晴方好，湖畔吟芳，对酒飞觞，一片笙歌醉夕阳。

（二）何寅初《如梦令·雁城即景岳屏公园》二首

一

湖水波平似镜，画舸悠然迎送。日日约朋来，亭榭弦歌引凤。如梦，如梦，话别依依情重。

二

天际晨曦初现，跳舞耍拳玩剑。各自显神通，每日公园必练。如燕，如燕，老了身轻体健。

〖七绝〗

致小区来往车主

社会繁荣车辆多，出行方便笑呵呵。
文明停靠都遵守，方可消除埋怨歌。

首句仄起平收式，下平声【五歌】韵。

2019 年 3 月 19 日于星城金汇园

赞社区消防安全培训

灾祸无情人有心，加强培训火难侵。
家家户户安全事，熟练消防要热忱。

2019 年 3 月 12 日于星城金汇园

〖七绝〗

答何君

何君寅初发来衡阳濂溪书院图片和蒋君事成七绝《简何君》，嘱我奉和，故有此作。

濂溪①胜景未曾游，
谥号文公②理学头。
题咏祖师君授意，
蜻蜓岂敢只能休。

首句平起平收式，下平声【十一尤】韵。

2019 年 3 月 21 日于星城金汇园

①濂溪，指衡阳濂溪书院。北宋理学的开山鼻祖周敦颐号濂溪，衡阳是他的第二故乡，故在他舅父郑向的旧宅旁建有“濂溪书院”，在此讲学授徒。

②文公，指南宋著名理学家朱熹。他晚年自称晦翁，世称朱文公，“二程”（程颢、程颐）三传弟子李侗的学生，与二程合称“程朱学派”，是中国教育史上继孔子后又一圣人。

附：何君寅初 2019 年 3 月 21 日上午发来的微信

简何君

千载程朱道不孤，名教一脉成坦途。
衡州自古多才俊，衣钵相承待今儒。

这是事成君读了我的拙诗《瞻濂溪祠》后写的诗。

注：“简”即“信件”，此为名词作动词。

〖七绝〗

和何君寅初《叹板桥》

谁说糊涂郑板桥，三绝怪才大文豪。
辞官鬻画缘赈济，立功天地本志高。

2019 年 3 月 22 日于星城金汇园

附：（一）2019 年 3 月 21 日晚 6:47 何君寅初发来微信

〖七绝〗

《叹板桥》

难得糊涂郑板桥，诗书画绝一文豪。
卖画扬州萧瑟甚，谁见天公惜尔曹？

（二）2019 年 3 月 23 日下午 4:08 何君寅初发来微信：

我写的《叹板桥》……见笑了！你的《叹板桥》对郑公做了公正评价。板桥若九泉有知，定会感谢你的。

〖七律〗

评张恨水

一生坎坷报人行，小说章回名气扬。
谴责主题撕黑幕，情怀侠义曝荒唐。
西风负手微吟事[①]，国难消愁本正常。
大陆长留永相伴，魂归故里品昭彰。

首句平起平收式，上平声【七阳】韵。

2019年3月24日于星城金汇园

①微吟事，指张先生抗战时期的诗词集《剪愁集》，其中有一些回避现实，书写忧愁的内容。

〖七绝〗

解春困

春来本是欲眠天，

何必流涎手执卷。

脚步放开郊外去，

胸中自有美诗篇。

首句平起平收式，下平声【一先】韵。

2019 年 3 月 26 日于星城金汇园

〖七绝〗

题墨梅图——步韵何君寅初

人间一树老红梅，雨雪冰霜志未摧。

晚岁体衰风骨在，丹心依旧报春回。

首句平起平收式，上平声【十灰】韵。

2019 年 3 月 27 日下午于星城金汇园

附：何君寅初 2019 年 3 月 27 日上午 8 时发布于朋友圈的《题墨梅图》

铁干虬枝一老梅，雪霜百折志难摧。

不需颜值人夸赞，但报乾坤春又回。

〖七绝〗

题园区春雨值班的保洁员

雨雾朦胧大冷天，仍然保洁美人员。
清除污秽宅前亮，一片春光满脸妍。

首句仄起平收式，下平声【一先】韵。

2019 年 3 月 31 日于星城金汇园

赞园区物业保安员

物业群中安保员，夜间查岗睡无眠。
雷锋好事时常有，应写诗篇赞众贤。

首句仄起平收式，下平声【一先】韵

2019 年 3 月 31 日下午于星城金汇园

〖词〗

江城子·清明祭母

阴阳二十隔离年，泪涟涟，睡难眠[①]。圣母单亲，茹苦教儿贤。病到临终还嘱咐，兄长辈，惜情缘[②]。

常常梦里见慈颜。步颠颠，意绵绵，白发来回，儿的病床前。每次生前来探视，先内助[③]，动苍天。

《词林正韵》第七部平声。

2019年4月4日于星城金汇园

①睡难眠，二十年前母亲逝世那个晚上，我在医院睡在她病床一侧的陪护床上，"崽呀，把军大衣加盖好，别受凉了。"这竟成了她临终前的最后一句话。呜呼哀哉，思念难眠！

②惜情缘，要珍惜情缘，始终与弟弟交好，关怀他。

③先内助，优先探视老伴。

〖七绝〗

瞻仰田汉故居

国歌一曲九州魂，

宇宙传扬壮绝伦。

高唱复兴民族梦，

豺狼敢犯战如神。

首句平起平收式，上平声【十一真】韵，首句邻韵【十三元】韵。

2019 年 4 月 4 日上午于星城金汇园

〖七绝〗

晨起要事

雄鸡报晓到开灯，
一日时光莫折腾。
晨起安排[①]须仔细，
寸阴便可效能增。

首句平起平收式，下平声【十蒸】韵。

2019年1月21日于星城金汇园

①晨起安排，俗语“一寸光阴一寸金”，道出了晨起安排之重要性。

〖七绝〗

步寅初君《自嘲》韵赞之

老荷新叶[①]善翻书，
本是同窗一雅儒。
自信春光将永在，
吟诗作赋喜之乎。

首句平起平收式，上平声【七虞】韵，首句邻韵上平声【六鱼】韵。

2019 年 4 月 10 日晚 10 时于星城金汇园

附：何君寅初 2019 年 4 月 10 日下午 6:24 创作的诗作《自嘲》

消时无计乱翻书，
自是蓬蒿一腐儒。
不羡春光迷望眼，
却吟也者又之乎。

---

①老荷新叶，系何君寅初网名。

〖七绝〗

和寅初君《闲居吟》

晚年世事也关心，
不进禅堂自养神。
一任春风吹白发，
喜闻婉转鸟鸣音。

首句平起平收式，《诗韵新编》第十五部【痕】平声韵。

2019 年 4 月 17 日下午于星城金汇园

附：寅初何君 2019 年 4 月 17 日上午 8:09 发来的诗作《闲居吟》

老来世事少关心，
闲坐低眉自养神。
习习春风吹白发，
时闻婉转鸟鸣音。

〖七绝〗

题蒋君事成老两口安徽游照片

豪情未减又云游，
相互搀扶兴致牛。
饱览春光文史事，
一腔热血颂神州。

首句平起平收式，下平声【十一尤】韵。

2019 年 4 月 18 日于星城金汇园

〖四言韵语〗

徜徉山林

徜徉山林，大美春光。
朝阳喷薄，鸟语花香。
竹木丛中，新笋昂扬。
流连忘返，愉悦欢畅。
绝好景色，共同分享。
莫摘莫损，文明为上！

〖五律〗

赞物业言哥杀灭白蚁

赞言哥等人为民除害，大快人心！

园林白蚁多，危害恶如魔。
群众呼声烈，专家徒奈何。
小区除祸患，物业有言哥。
奋战山坡处，深挖鬼怪窝！

首句平起平收式，下平声【五歌】韵。

2019年4月26日于星城金汇园

〖七绝〗

吟园区红玫瑰[①]

昂扬灿烂满园同，弥漫芳香耀眼红。
依傍相生情意笃，玫瑰最应受尊崇。

首句平起平收式，上平声【一东】韵。

2019 年 5 月 2 日于星城金汇园

①玫瑰，有多种颜色，红色最耀眼。在西方文学里，长久以来玫瑰就象征着美丽和爱情。在希腊神话中玫瑰是宙斯的杰作，用来向诸神炫耀自己的能力。玫瑰是英国的国花，代表爱与美、勇敢、高贵。

〖七律〗

咏醴陵渌江书院

该书院在近代教育史上与长沙周南中学有类似的校风和贡献，故有此作。

渌江书院耸西山，
观览沉吟忘返还。
教学有方师表本[1]，
用功无假[2]学童关[3]。
常谈时务开新课，
漫道[4]功名去血斑[5]。
报国英才相蔚起[6]，
瓷城[7]庠序[8]付辛艰。

首句平起平收式，上平声【十五删】韵。

2019年5月1日于星城金汇园

①本，根本原则。
②无假，不放假。
③关，必须闯过的关卡。
④漫道，（近代在这里求学的志士）不说，不议论。
⑤去血斑，发誓要洗刷祖国身上血泪斑斑的耻辱，纷纷投身革命事业，流血牺牲，前赴后继。
⑥蔚起，（形容英才）茁壮成长起来。
⑦瓷城，醴陵的别称。
⑧庠序，古代地方办的学校，泛指学校，此处代指渌江书院。

〖词〗

鹧鸪天·长沙周南中学

岁百周南分外红[①]，莘莘学子散香风。园丁耕作情怀壮，桃李生成锐气[②]浓。

新时代，美交融，中华圆梦赖蛟龙。初心不忘鲲鹏志，笃学储能好试锋。

词韵第一部“一东二冬通用”。

2019 年 5 月 2 日于星城金汇园

---

①红，红火，旺盛，令人向往。

②锐气，勇往直前的气势。

拟长沙周南中学楹联

效徐特立[1]先贤从教，

承向警予[2]名士开来。

2019年5月3日于星城金汇园

①徐特立，新中国成立前曾在长沙周南中学从教

②向警予，新中国成立前曾在长沙周南中学求学。

〖元曲〗

【越调·小桃红】吟长沙周南中学

周南光耀众来遛，本部分区秀。朱剑凡基业宏构。百年诹①，师生圆梦多成就。朴诚奋进，笃而心受②，健美得丰收！

2019年5月4日于星城金汇园

①诹，咨询、询问。

②朴诚奋进，笃而心受：周南中学的校训为“诚朴，健美，笃学，奋进”，因受平仄的束缚，将“诚朴”倒置为“朴诚”，将“笃学”词义化为“笃而心受”。

〖七绝〗

老来少

又逢六一儿童节，
垂暮同龄喜气添。
微信频频相祝贺，
只因更觉日香甜。

首句平起仄收式，下平声【十四盐】韵。

2019 年 6 月 1 日于星城金汇园

〖七律〗

端午节吊屈原

应何君寅初之嘱①吟咏

①寅初之嘱，2019年6月2日何君寅初发来微信嘱咐：“昨日下午已从祁东返衡。天公不作美，扫兴而归。转眼就是端阳节了。君如有兴趣，写首诗以吊三闾大夫吧！”

划船包粽吊屈原，
为政歌吟爱国篇①。
开创楚辞诗祖耀②，
倡扬美政左徒贤③。
品评渔父持清白④，
流放沅湘问上天⑤。
社稷情怀传万古，
中华圆梦众绵延。

首句平起平收式，下平声【一先】韵，首句邻韵上平声【十三元】。

2019 年 6 月 7 日于星城金汇园

①爱国篇，屈原曾从政为官，投汨罗江自尽前写下绝笔爱国诗篇《怀沙》。
②诗祖耀，屈原是“楚辞”的创立者和代表作者，是中国文学史上第一位留下姓名的诗人，被誉为中华“诗祖”。他在中国诗歌史上光芒闪耀。
③左徒贤，屈原早年受楚怀王信任，任左徒、三闾大夫，提倡“美政”。在屈原的努力下，楚国国力有所增强，是少有的贤臣。后因遭人排挤毁谤，被先后流放至汉北和沅湘流域。

④持清白，渔父是屈原被流放时遇到的一个人物。在和渔父的对话中，渔父劝他“与世推移”，不要“深思高举”，自找苦吃。屈原表示宁可投江而死，也不能使清白之身，蒙受世俗之尘埃。屈原的作品《渔父》记叙了这次对话的情景。

⑤问上天，屈原被流放期间的主要作品有《离骚》《九歌》《九章》《天问》等。他的名句“路漫漫其修远兮，吾将上下而求索”即出自《离骚》。

〖七律〗

园区新建运动场

园区打造院中央，新建恢宏运动场。
男女老青常锻炼，风霜雨雪也提倡。
武功竞赛英姿健，球类争雄豪气昂。
虎跃龙腾身体好，神州处处凯歌扬。

首句平起平收式，下平声【七阳】韵，【倡】双韵字，此系平声。

2019 年 6 月 14 日于星城金汇园

楹联——赞事成君《悼师院校友龙柏森》

有情有义真君子，

歌事歌人美悼词。

2019 年 6 月 24 日于星城金汇园

〖七绝〗

叹“集体失道”

2019 年 7 月 21 日收看何君寅初转发的视频《集体失道》后而作。

杏坛产业化如砧，医院唯求效益临。

佛寺经商无道场，拜金主义忘初心！

首句平起平收式，下平声【十二侵】韵。

〖七绝〗

地铁剪辑之二

赞两学童晨读

独自乘车两学童，提前晨读路程中。
光阴少小能珍爱，理想雄心不落空！

首句仄起平收式，下平声【一东】韵。

读何君寅初诗集《老荷吟》

诗词曲赋老荷①吟，
家国情怀韵味深。
谁道桑榆垂暮景，
满枝新叶醉人心！

首句平起平收式，下平声【十二侵】韵。

2019年8月7日于星城金汇园

①老荷，新叶：取何君寅初网名“老荷新叶”之意。

〖七绝〗

步韵胡君文诲《重游麓山爱晚亭》二首

其一 往昔

岁月匆匆难忘中，麓山爱晚美亭容。
曾经窗友峥嵘地，红叶题诗情意浓。

首句仄起平收式，上平声【二冬】韵，首句邻韵【一东】。

其二 今朝

春秋五十又来之，往昔担当敢赋诗。
使命践行同砚力，初心如故少年时！

首句平起平收式，上平声【四支】韵。

2019 年 8 月 21 日于星城金汇园

附：胡君文诲重游麓山爱晚亭诗

一

五十年前伫此中，亭前未改旧时容。
如烟岁月悄然逝，满眼青葱夕照浓。

二

人生易老任由之，红叶当年曾赋诗。
爱晚亭台一小憩，蛾眉似识看多时。

〖七绝〗

读鲁迅评唐诗后喜吟

鲁迅语："我以为一切好诗，到唐已被做完，此后倘非能翻出如来掌心之'齐天大圣'，大可不必动手。"

喜有中华众悟空①，
雄心翻掌练神功。
好诗唐代虽趋尽，
佳作名篇当代红②！

首句仄起平收式。上平声【一东】韵。

2019年9月8日下午3时于星城金汇园

---

①众悟空，自改革开放以来，中华大地众多老年人习练旧体诗词，他们就是当今的齐天大圣孙悟空！
②当代红，当代有关报纸杂志频繁刊载老年人旧体诗词的名篇佳作。

〖七绝〗

题《老汉打铁图》

通常园丁、蜡烛、春蚕、人梯被喻为教师。此老汉打铁，不失为忠诚于教育事业的写照，故教师亦可喻为打铁匠。

民间技艺小工房，
老汉挥锤锻造忙。
恨铁软绵不成器，
咬牙敲打始精良。

首句平起平收式，下平声【七阳】韵，第三句为特殊句式。

2019 年教师节于星城金汇园

〖七绝〗

题《岳麓山遗影图》

湘水名城岳麓山，
沧桑遗影现贫寒。
而今靓丽繁华貌，
不忘先行创业难。

首句仄起平收式，上平声【十四寒】韵，
首句邻韵上平声【十五删】。

2019 年 9 月 16 日于星城侯家塘宅

〖七绝〗

建国 70 周年颂之一

奋斗过来知幸福，
全民团结展新篇。
完成祖国崇高梦，
不忘初心永向前。

首句仄起平收式，下平声【一先】韵。

2019 年 9 月 25 日于星城金汇园

〖词〗

满庭芳·建国70周年颂之二

观看省税务局建国70周年银发族文艺会演及书画展

云淡天高，金秋季节，建国七十周年。江山原野，风景喜无前。更喜层层领导，器重那，银发前贤。同欢乐，讴歌盛世，再上史峰巅。

搭平台会演，群翁老妪，歌舞联翩。自豪又光荣，奋斗诗篇。祖国繁荣美好，众老辈，书画宣传。红心壮，满庭芳泽，银发族欢颜！

词韵：《词林正韵》第七部。

2019年9月26日下午于星城金汇园

〖词〗

齐天乐·建国70周年颂之三

收看天安门阅兵仪式和群众游行

东方旭日光芒照，江山更加妖娆。科教农工，贫穷清扫，世人欢歌温饱。大洋探奥，太空广遨游，智能修造，强国强军。中华筑梦展眉笑！

国家历代领导，为民谋福利，初心常表。动地惊天，文韬武略。建国伟人开道，过河富了，看继往开来，创新强了，展望将来，梦圆华夏早！

词韵：《词林正韵》第八部仄韵。

2019年10月2日于星城金汇园

〖七律〗

建国70周年颂之四

赞中国女排精神

新华社大阪9月28日电：郎平率领的中国女排28日在大阪市中央体育馆以3:0战胜塞尔维亚队，十战十胜，提前一轮锁定2019年女排世界杯赛冠军，第十次在世界“三大赛”登顶的同时也为新中国成立70周年华诞献上了厚礼。读后而有此作。

团结拼搏壮国威，
女排连续十花魁。
精神坚韧迎强手，
技术非凡破众盔。

喜获国家浓宴请[①]，
荣登彩坐广场雷[②]。
相承一脉时前进，
奋斗不停谁可摧[③]。

首句仄起平收式，上平声【十灰】韵，首句邻韵【五微】，第八句系自救式句。

2019年10月3日于星城金汇园

①浓宴请，2019年9月30日中共中央总书记、国家主席、中央军委主席习近平专门邀请刚刚获得2019年女排世界杯冠军的中国女排队员、教练员代表，参加庆祝中华人民共和国成立70周年招待会，并在会前亲切会见女排代表，同大家合影留念。
②广场雷，在建国70周年群众游行中，中国女排压轴出场，乘坐“祖国万岁”彩车亮相国庆游行。在巨大花束的装点下，女排所在的彩车十分亮眼。
③谁可摧，谁能撼动我们冠军的地位。

〖七绝〗

建国70周年颂之五

继往开来七十年，
而今日子变香甜。
明天美好需团结，
奋斗才成前进篇。

首句平起平收式。用《诗韵新编》【十四寒】韵。

2019年10月8日于星城金汇园

〖七绝〗

养生信条

病患多因心态差，只缘知足笑开怀。
养生条例铺天地，毕竟还需常乐牌。

首句仄起仄收式，上平声【九佳】韵。

2019年10月9日于星城金汇园

〖七律〗

离退休党员主题教育活动

主题教育党英明，踊跃参加众老兵。
使命初心长谨记，担当奋斗永豪拼。
虽然体弱难为事，依旧心红可发声。
微薄践行同筑梦，尚存一息表忠诚。

首句平起平收式，下平声【八庚】韵。

2019年10月24日于星城金汇园

〖七绝〗

六颂野菊花

本月18号翁君佑龙发来宋代郑思肖的诗《寒菊》，因有此步韵。郑诗赞的是寒菊高洁坚贞，宁死不屈，我颂的是秋菊团结奋进，共庆丰收。

黄花开放一丛丛，野外生存思不穷。

又是丰收欢乐景，金秋共舞笑声中。

首句平起平收式，上平声【一东】韵。

2019年10月28日记于星城金汇园

附：宋代郑思肖《寒菊》诗

花开不并百花丛，独立疏篱趣未穷。

宁可枝头抱香死，何曾吹落北风中。

〖七绝〗

也赞业主委员会主任谌宪伟

事无巨细勇担当，日夜巡查身影忙。
美好家园添锦绣，缘由一个好头羊。

首句平起平收式，下平声【七阳】韵。

2019 年 11 月 12 日于星城金汇园

地铁剪辑之三：赞众多学子晨读

晨起匆匆去学堂，跻身地铁课程忙。
惜时勤奋凌云志，圆梦中华好栋梁！

首句仄起平收式，下平声【七阳】韵。

2019 年 11 月 12 日于星城金汇园

〖七绝〗

咏老人冬晒

冬阳和暖白须飘，
似水年华往昔骄。
垂暮经常当日晒，
养身祛病最逍遥。

首句平起平收式，下平声【二萧】韵。

2019 年 12 月 10 日于星城金汇园

〖词〗

南乡子·樊正坤学友逝世一周年祭

梦里见君魂，依旧音容少阔论。摄影美篇群内事，情温。赢得同窗心底尊。

患绝症生存，保密同门免泪喷。顽强仁义愁自吞，真纯。祭奠斯人樊正坤！

词韵：《词林正韵》第七部韵。

2019 年 12 月 13 日于星城金汇园

关于樊正坤的补记：

樊 2018 年 11 月 27 日因癌症病危入院，12 月 13 日去世，12 月 15 日举行追悼会，本人参加追悼会并致悼词。

〖七绝〗

学诗札记

谚云：“熟读唐诗三百首，不会作诗也会吟。”对此，余不以为然。

歌声原本内心吟，
只读唐诗少热忱。
风雅颂篇重展现，
源泉灵感在当今。

首句平起平收式，下平声【十二侵】韵。

2020 年 1 月 2 日于星城金汇园

〖词〗

满庭芳·歌咏2019年辞旧迎新

笃定前行，协同推进，爱国主义情深。不同凡响，建国七旬欣。汗水和心血果，彰显那，华夏居尊[①]。齐喝彩，创新改革，旧岁美如春！

长河风浪涌，齐争朝夕，不负初心。二〇二〇年，决战年辰，听那冲锋号响，炮火猛，万马千军。排艰险，加油努力，决胜再前奔！

词韵：《词林正韵》第六部平韵。

2020年1月4日于星城金汇园

①居尊，有一词语曰“居尊北极”。“居尊”形容居于极高地位。

〖七绝〗

金汇园红玫瑰

万绿丛中数点红，

朝阳喷薄照空中。

千娇百媚赢尊贵，

原本身心仙骨风。

首句仄起平收式，上平声【一东】韵。

2020年4月16日清晨于星城金汇园

〖七绝〗

也赠蒋君①

满园春色百花开，
百万缠腰幸福来。
先苦后甜尝美味，
山河饱览笔耕才。

首句平起平收式，上平声【十灰】韵。

2020 年 4 月 25 日下午于星城金汇园

①也赠蒋君，2020 年 4 月 25 日清早，蒋君事成发来多张他家楼台园圃的花卉照片，娇艳无比。我正拟吟咏，恰好收到何君寅初发来的微信，说他也收到蒋微信发来的许多鲜花照片，并说蒋君事成曾自嘲“昔日穷光蛋，今天蒋百万”，已口占一绝《赠蒋君》，示我也赠蒋一绝，我即奉和了这首《也赠蒋君》。写了蒋的晚年美好生活，一生的艰苦经历，主要爱好和情趣，专业特长。写就后，倒也颇为得意。

〖七绝〗

赞新玉[①]夫妇游北京凤凰山

首都景点凤和凰[②]，峻岭贤人神采扬。

四水三湘同壮色，梦圆华夏谱新章。

首句平起平收式，下平声【七阳】韵。

2020 年 4 月 29 日于星城金汇园

①新玉，张新玉，醴陵六中高十七班学生，曾是随家插队落户的女知识青年，湘潭湘电质控计量部门退休，儿子定居在北京。

②凤和凰，“凤凰”是传说中的百鸟之王。羽毛美丽，雄的叫凤，雌的叫凰。

〖七绝〗

读蒋君事成《五朵金花》随笔

一朵金花杨丽坤，
歌声演艺动神魂。
可怜命丧双重痛[1]，
礼葬昆明[2]永久尊。

首句仄起平收式，上平声【十三元】韵。

2020 年 5 月 4 日于星城金汇园

①双重痛，指梁丽坤“文革”时期经历的困境，后来又长年患精神病。
②礼葬昆明，2000 年 7 月 21 日杨丽坤因病在上海的家中去世。2001 年 7 月 15 日杨丽坤的一半骨灰被从上海接回云南，安葬在昆明金宝山艺术园林。

〖七绝〗

海燕[①]颂

从来喜爱海波涛，飞越风雷闪电豪。
迎接曙光穿暴雨[②]，充当号手担辛劳。

首句平起平收式，下平声【四豪】韵。

2020 年 5 月 5 日于星城金汇园

①海燕，在此篇诗中象征抗疫的医护工作者。
②风雷、闪电、暴雨，象征疫情。

〖七言古绝〗

奉和周君训凡 80 寿辰感怀

刚刚看到周君 80 寿辰的感怀诗，谨和一首表示真诚的祝贺。

凡君八旬最欣然，
家庭事业走在前。
一生淡定从容过，
赞你为霞尚满天。

下平声【一先】韵。

2020 年 5 月 19 日下午四时于星城金汇园

附：周君训凡感怀诗

贤弟：今日是我生日，特吟诗一首，请雅正。

生日感怀

余入八旬心坦然，儿孙孝顺绕膝前。
平生事业庸庸过，幸喜夕阳尚满天。

于二〇二〇年农历四月廿七日

〖顺口溜〗

楼台园圃之歌

亲友们啊，请来欣赏。楼台风光，丰收在望。请来品尝，滋味异常。舍得流汗，就是保养。不忙不慌，美好夕阳！

庚子年孟夏廿九日于星城金汇园

〖七律〗

赞贺君清龙同学

梓山学校贺清龙，
报效家国最尽忠。
边塞军营深铸造，
中央纪委勇拼冲。
始编三吏①兴廉政，
续撰巡查展鉴通②。
捐献稿酬圆夙愿③，
荣光故里赞丰功。

首句平起平收式，上平声【一东】韵，首句邻韵上平声【二冬】。

2020年5月27日于星城金汇园

①编三吏，指贺清龙著作中国《中国历史十大贪官》《中国历史十大清官》《中国历史十大惩腐精英》三本书。
②展鉴通，指贺清龙接着撰写巡查和监督方面的著作，出版了一本《中国监察通鉴》。
③圆夙愿，指贺清龙重修云峰寺并创建云峰寺旁的攸县书院。

〖七律〗

赞刘君开科[①]先生

清龙战友铁开科，处世为人标杆禾[②]。
佐理重修神道寺[③]，协同创建习经窝[④]。
秋冬春夏抓跟进[⑤]，四面八方跑审磋[⑥]。
年老体衰情义重，赠君一首赞扬歌。

首句平起平收式，下平声【五歌】韵。

2020 年 5 月 29 日于星城金汇园

---

①刘君开科，醴陵船湾人，醴陵二中毕业，贺君清龙战友，转业退休后，在株洲定居。

②标杆禾，在人工插水稻秧时，人们总是先在田边插好一棵秧苗，然后参照这棵秧苗插下去。参照的秧苗，就是“标杆禾”。

③神道寺，指云峰寺。

④习经窝，指云峰寺旁的攸县书院。

⑤跟进，进度。

⑥审蹉，审核，磋商。

〖古体诗〗

诮池中金鱼

池中金鱼，悠然自得。
广阔天地，何以取乐。
雄鹰展翅，腾空飞越。
鲸穿大洋，无所阻隔。
只供观赏，无趣职责。

通韵入声，【十三织】得【十药】乐【六月】越【十一陌】隔责。

2020年6月2日于星城金汇园

〖七绝〗

依韵寅初君《病中吟》慰之

脱帽开颜游闹市，
逍遥自在众无嗤。
春风和暖寒凉去，
新叶花开荷老枝①。

首句仄起仄收式，上平声【八支】韵。

2020 年 6 月 7 日于星城金汇园

附：何君寅初原诗

破帽遮颜过闹市，只因瘦骨怕人嗤。
春来最恐寒凉夜，病转沉沦驾鹤西。

江郎已老才已尽，偷得鲁翁一句诗作《病中吟》。

---

①新叶花开荷老枝，化用何君寅初网名“老荷新叶”。

〖七律〗

题老家荷叶塘影照

侄儿影照发多张，都是家乡荷叶塘。
往昔先人年月苦，而今家国面容昌。
张张照片疼游子，每每情怀思故乡。
近日诗词或出版，选来美景做装潢。

平首句平起平收式，上平声【七阳】韵，第七句为特殊律句。

2020 年 6 月 11 日于星城金汇园

〖七绝〗

园区业委主任

栋前拐角建花廊，晨起民工苦战忙。
主任亲身同奋斗，宜居环境美名扬。

首句平起平收式，下平声【七阳】韵。

2020 年 8 月 7 日于星城金汇园

女童学画雄鸡

名师培训画雄鸡，灵气孩童习作迷。
纸上昂扬见欢跃，催人早起奋鸣啼。

首句平起平收式，上平声【八齐】韵。

2020 年 8 月 8 日于星城金汇园

〖七绝〗

晨笛

金秋大地现晨光，闻听声声竹笛扬。

源自林深吹奏手，会同百鸟叙衷肠。

首句平起平收式，上平声【七阳】韵。

2020 年 8 月 9 日于星城金汇园

晚霞

晚霞荡漾下青山，无悔行程心底欢。

蓄锐养精迎旭日，再将热血报天宽。

首句平起平收式，上平声【十四寒】韵。

2020 年 8 月 10 日于星城金汇园

〖七绝〗

朝霞

热血朝霞喜气扬，万家灿烂美时光。

年年岁岁轮回上，不厌烦难报瑞祥。

首句仄起平收式，行书【七阳】韵。

2020 年 8 月 13 日于星城金汇园

〖七绝〗

日出

东方旭日放光芒，田野山河换彩妆。

众鸟欢歌齐展翅，辉煌万物共荣昌。

首句平起平收式，下平声【七阳】韵。

2020 年 8 月 14 日于星城金汇园

〖七律〗

赞城市建筑工人

2020 年 8 月 15 日上午，晴热难耐，经过汇金路万境蓝山梧桐苑第四期住房建设工地，有感于建筑工人冲天干劲而作。

建筑工人尽舜尧，城区扩展起高潮。
担当团结争先进，咬定工程赛硬招。
项目完成人转战，楼房耸立面飘摇①。
空调装好安居后，莫忘诸君热血雕。

首句仄起平收式，下平声【二萧】韵。

①面飘摇，建筑工人的面容又在其他建筑工地隐现。

〖七律〗

秋吟

秋高气爽稻花香，
满眼田园金色装。
颗粒食粮皆汗水，
些微作物也盈仓。
铺张浪费名不美，
设宴聚餐盘应光。
不忘饥时深重苦，
增产节约国方昌。

首句平起平收式，下平声【七阳】韵。

2020年8月16日于星城金汇园

〖七绝〗

喜孙女孙儿考上大学

孙女孙儿两个乖，双双高考上楼台。
人生本是攀登路，马不停蹄[①]喜庆来。

首句仄起平收式，上平声【十灰】韵，首句邻韵上平声【九佳】。

庚子年孟秋于星城金汇园

①马不停蹄，喻“一刻也不停留，一直前进。”孙女孙儿均在马年出生，此为劝勉之语也。

后记

我出生在一个普通的农民大家庭，幼时随母下堂，备尝人间孤凄，飘荡流浪，无力也无心上学读书。父亲读过土木建筑中专，是一个勤勉、能干的土木建筑工程师。母亲出生在一个贫穷的农家，没上过学，但很早就自己学会了看书写信，是一个能干、勤劳的慈母。1954 年冬，快 14 岁的时候，我来到长沙跟随父亲生活，上了中学，正式尝到了上学读书的滋味。

从初一起，我就痴心于文学，梦想写小说，写诗歌。后来由于生活的曲折，意志的薄弱，参加工作前基本没有写过诗词，更没有专心钻研过旧体诗词。

1966 年我在湖南师院中文系毕业后，成了一个中学教育工作者。2002 年 10 月退休前因忙于工作，也很少写诗。退休后我从繁忙中解脱出来了，对美好现实生活的深切感受，重新激发了我创作诗词的热情，写了些旧体诗词。本着“诗歌应该是冲锋的号声，战斗的鼓点，时代的旗帜”的原则，我从 350 多篇的诗词稿，汇编了这本诗词选集。根据诗词格律学，凡是按格律撰写的楹联和曲，都可列入诗词之内。也就是说，楹联和曲原本是从格律诗词演化出来的。所以这本诗词选集内，也收录了一些楹联和曲。

在此，我想说三点：

第一，我为什么喜爱写旧体诗，尤其格律诗呢？格律诗是我国灿烂文化的瑰宝。民族复兴时期，应该让它歌颂新时代，弘扬新时代，古为今用。写古体诗或古绝（古风），固然不必讲究平仄，只需押韵，容易入门，但我以为，对学习写诗词的人，如果写旧体诗，最好先学正格的近体诗，即格律诗词。因为格律诗词产生在古体诗之后，有创新，有提升，好处是讲究平仄，音韵优美。当然，在精通格律之后，再写古体诗就不在话下了，就可以天马行空了！唐代以后，王安石、陆游、郑板桥、曹雪芹、鲁迅、郭沫若、胡适、叶圣陶、王力、齐白石、赵朴初、启功等著名人物，不是都主要写正格的近体诗词吗？不是都写得很好吗？

第二，我为什么喜欢将格律诗写得浅显易懂，通俗易读呢？白居易在文学上主张“文章合为时而著，诗歌合为事而作”，他是新乐府运动的倡导者，其诗语言通俗，相传老妪也能听懂。我从来不认为，将格律诗写得文绉绉，酸溜溜，大量使用生僻典故，词语艰涩，就是高雅，有水平。什么叫文化传承？格律诗的传承就是“旧瓶装新酒”！就是说在写格律诗的时候，既要严格按照格律诗的平仄音韵创作，描绘新时代的生活特点，弘扬新时代的思想风貌 ，又不要堆砌艰涩词语，生僻典故！有人说，打油诗的特点就是语言通俗，浅显易懂，还说打油诗既可写成近体诗，也可写成古体诗、白话诗。我写的格律诗，即使有难懂的词语、典故，一般都加了注释。从这一点来看，我写的这些格律诗，就是近体打油诗。既有格律诗的传统音韵美，读者又能明白，感受到新时代的风貌，何乐而不为？

第三，我的诗词为什么有完整的格律和音韵标注？格律诗词确实规则很严，约束很大，写起来更需动脑筋，写出来才更富有音韵美，更有意境，更精彩，更雅致。袁牧在《遣兴》中说得好：“爱好由来下笔难，一诗千改始心安。阿婆还似初笄女，头未梳成不许看。”我之所以对自己所写的诗词题目一般都标注格律名称，体裁形式或词牌名称，而且有平仄及韵部的标注，是为了便于自己对照格律音韵反复修改，也便于行家批评指正。

我原本是把诗词当作日记和自传写的，只给自己看，或给相关好友留个纪念，从没有出版发行的想法。我来自一个叫“荷叶塘”的乡村，对她我总是魂牵梦绕。我的博客网名叫“荷塘野老”，我有一首《四字句祭祖韵文》，里面写到“荷叶塘”家族的变迁，我还写过一首长篇七言古体诗《荷塘野老歌》，写到我的曲折身世。我的诗词基本上就是我一生的写照和记录。现在我的诗词选有机会出版，于是我想就把它命名为“荷塘诗词选”吧！

很惭愧，我虽然从年少起就喜爱诗词，现在年事已高，但对于写诗词尤其是格律诗词，确实还是一个外行！如有人读到这本选编，从形式到内容发现什么问题，恳请及时、严肃、认真地指正，只要我还活在人世，一定虚心诚恳地接受并改正。

邹克斯

庚子年孟秋于星城金汇园